U0119699

The Comfort of Strangers

Ian McEwan

伊恩·麥克尤恩 著

馮濤 譯

陌生人的慰藉

我們怎能居留在兩個世界
女兒和母親
卻待在兒子的王國

——艾德麗安・里奇*

* 里奇（Adrienne Cecile Rich,1929-2012），美國著名女同性戀詩人、隨筆作家和女性主義者，被譽為「廿世紀後半葉讀者最多、影響最大的詩人之一」。作為題詞的這三行詩出自里奇的詩作〈兄弟姐妹間的祕密〉中的一段。

旅行可真是野蠻。它強迫你信任陌生人，失去所有家庭和朋友所帶給你的那種習以為常的安逸。你不斷地處於失衡狀態。除了空氣、睡眠、做夢以及大海、天空這些基本的東西以外，什麼都不屬於你，所有的一切都像要天長地久下去，或者就只能任由我們的想像。

——切薩雷・帕韋澤*

* 帕韋澤（Cesare Pavese,1908-1950），義大利詩人、小說家、文學批評家和翻譯家。

1

每天午後，在柯林和瑪麗旅館房間裡，當暗綠色百葉窗外的整個城市開始活躍起來時，他們就會被鋼鐵工具敲打鐵製駁船的有規律聲響吵醒，這些駁船就繫泊在旅館浮船塢的咖啡座邊上。上午的時候，這些鏽跡斑斑、坑坑窪窪的船隻，因為既無貨物可裝又沒有動力可用，全都不見影蹤；每到傍晚，貨物又不知從哪兒重新冒了出來，船上的船員也開始令人費解地拿起鐵鎚和鑿子奮力工作。也正是這個時候，在陰沉沉的向晚暑熱當中，許多客人才陸續聚集到浮船塢上，坐在鍍錫的桌子旁邊吃冰淇淋，大家的聲音充滿了正暗下來的旅館房間，匯成一股笑語和爭執的聲浪，填滿尖利鐵鎚敲打聲響之間的短暫沉寂。

柯林和瑪麗感覺上像是同時醒來的，各自躺在自己的床上，靜止不動。出於他們自己也想不清楚的原因，兩個人都還互不談天。兩隻蒼蠅繞著天花板上的光亮懶洋洋地打轉，走廊上有鑰匙開鎖和來來去去的腳步聲。最後，還是柯林先從床上起來，把百葉窗拉起一半，走進浴室去沖澡。瑪麗還沉溺在剛才的夢境當中，他從她身邊走過時，她背過身去盯著牆面。浴室中平穩的水流聲聽起來挺讓人安心的，她不禁又一次閉上了眼睛。

每天傍晚，他們外出找個地方吃飯前，必定在陽臺上消磨掉一段時間，耐心地傾聽對方的夢境，以換得詳細講述自己夢境的奢侈。柯林的夢都是精神分析學者最喜歡的類型，他說，比如飛行、磨牙、赤身裸體出現在一個正襟危坐的陌生人面前之類的。可是鐵硬的床墊、頗不習慣的暑熱和這個他們還沒好好探查過的城市混雜在一起，卻讓瑪麗一閉眼就陷入一系列吵吵嚷嚷、跟人爭辯不休的夢境，她抱怨說就連醒了都被搞得昏昏沉沉的；而那些優美的古舊教堂、祭壇的陳設和運河上架設的石橋，呆板地投射到她的視網膜上，就如同投影到一面不相干的屏幕上一樣。她最常夢見的是她的孩子，夢到他們身處險境，可是她卻纏雜不清、動彈不得，完全束手無策。她自己的童年跟孩子們的混雜在一起，她的一雙兒女變成了她的同代人，絮絮不休地問個沒完，使她驚嚇不已：「你為什麼拋下我們一個人跑了？」「你什麼時候回來？」「你要來火車站接我們嗎？」不，不對，她竭力跟他們解釋：「是你們得來接我。」她告訴柯林她夢見她的孩子爬到床上跟她一起躺著，一邊一個，整夜隔著睡著了的她一直鬥嘴。「是的，我做過。」「不，你沒有。我告訴你。你根本就沒有……」一直吵到她筋疲力盡地醒來，雙手還緊緊地捂著耳朵。要嘛，她說，就是她前夫把她引到一個角落，開始耐心地解釋該如何操作他那架昂貴的日本相機，拿每個繁雜的操作步驟來考她，他倒真的曾經這麼做過。經過好多個鐘頭以後，她開始悲歎、呻吟，求他別再講下去了，可無論什麼都無法打斷他那嗡嗡嚶嚶、堅持不懈的說明。

浴室的窗開向天井，傍晚時分，鄰近幾個房間和賓館廚房的各種聲音也乘隙而入。柯林這邊的蓮蓬頭剛關上，對門住的男人那邊就開始淋浴了起來，跟昨天傍晚一樣，還一邊唱著《魔笛》[1]裡的二重唱。他的歌聲蓋過了暴雷般沖澡的滔滔水聲，和搓洗塗滿肥皂的皮膚的嘎吱聲，此人唱得絕對地投入和忘情，只有在以為四周絕無他人聽到的情況下才會這麼放得開，唱高音時真聲不夠就換假聲，唱破了音也照唱不誤，碰到忘詞的地方就「噠啦啦」地混過去，

1《魔笛》（*Die Zauberflöte, K. 620*），莫札特所作著名歌劇。

管弦樂隊演奏的部分照樣吼叫出來。「Mann und Weib, und Weib und Mann[2]，共同構成神聖的跨度。」等蓮蓬頭一關，引吭高歌就減弱為口哨似的聲響。

柯林站在鏡子面前，聽著，也沒特別的原因又開始刮臉，這是當天的第二次了。自從他們來到這裡，已經建立起一套秩序井然的睡覺習慣，其重要性僅次於做愛，而現在正是他們倆在晚餐時間漫遊這個城市之前，用來精心梳洗打扮的一段間隙，平靜安閒，沉溺於自我。在這段準備時間裡，他們動作遲緩，極少開口。他們在身上塗抹免稅商店裡買的昂貴的古龍水和香料，各自精心挑選自己的衣著，並不跟對方商量，彷彿等會兒要去的某處，會有那麼個人等在那裡，深切地關注他們以怎樣的妝扮登場。瑪麗在臥室地板上做瑜伽的時候，柯林會捲根大麻，然後兩人一起在陽臺上分享，這會使他們在跨出旅館大廳、步入奶油般柔和夜色的快樂時刻加倍快意。

他們出去以後——不只是上午，一個女服務生就會進來為他們清理床鋪，要是她覺得有必要，就會把床單也給換了。他們倆都不習慣過這種旅館生活，讓一個連面都很少見到的陌生人接觸到他們這麼私密的生活，覺得挺不好意思的。女服務生把他們用過的紙巾收走，把他們倆的鞋子在衣櫥裡擺成整齊的一

2 德語：丈夫和妻子，妻子和丈夫。

排，把髒衣服疊成整齊的一堆，在椅子上放好，把床頭櫃上散亂的硬幣分成幾小堆。如此一來，他們更是惰性大發，很快就越來越依賴她，對自己的衣物都不管了。兩個人彼此都照顧不來，在這種大熱天裡連枕頭都懶得拍得鬆軟，毛巾掉地上也不肯彎個腰撿起來。同時，卻越來越不能容忍雜亂無章。有天早上，已經挺晚了，他們回到房間，發現還跟離開時一樣，根本沒辦法住人，他們別無選擇，只得再次跑出去等服務生打掃乾淨了再回來。

他們下午小睡之前的幾個鐘頭同樣也有一定常規，不過相對來說變數大些。時值仲夏，城裡遍地都是遊客。柯林跟瑪麗每天早上吃過早餐後，也帶了錢、太陽眼鏡和地圖，加入遊客的行列，蜂擁穿過運河上的橋樑，足跡踏遍每一條窄街陋巷。大家仁至義盡地去完成這個古老城市強加給他們的眾多旅遊任務，盡責地參觀城內大大小小的教堂、博物館和宮殿，這些地方滿坑滿谷的全是珍寶。在幾條購物街上，他們倆在櫥窗前面也花了不少時間，商量著該買些什麼禮物。不過，到現在為止，還沒有當真跨進一家商店。儘管手裡就拿著地圖，他們仍不免經常迷路，會花上一個多小時的時間來來回回繞圈子，參照著太陽的位置（柯林的把戲），發現自己從一個意想不到的方向接近了一個熟悉的路標，結果仍舊莫辨南北。碰上走得實在太辛苦，天氣又熱得比平時更加不堪忍受的時候，他們倆就相互提醒一聲，自然是含譏帶諷地，現在是「在度假」呢。他們倆不惜花費很多個小時，來尋找「理想的」餐館，或者是想重新找到兩天前用餐的那個餐廳。但理想的餐館經常是高朋滿座，或者是過了晚上九點，馬上就要打烊了；如果他們經過一家既沒客滿又不會立即打烊的，哪怕是還一點都不覺得餓，有幾次也是先進去吃了再說。

或許，假使他們倆是孤身前來的話，早就一個人開開心心地探查過這個城市了，任由一時的心血來潮，不會計較一定要去哪裡，根本不在乎是否迷了路，說不定還樂在其中呢。這兒多得是可以信馬由韁的去處，只要警醒一點、留點心就行。可是他們對於對方的瞭解就像對自己一般的透徹，彼此間的親密，好比是帶了太多的旅行箱，總是持續不斷的一種牽掛；兩個人在一起就不免行動遲緩，拙手笨腳，不斷地導向小題大做、荒謬可笑的妥協，一心一意地關照著情緒上細小微妙的變化，不停地修補著裂痕。單獨一個人時，他們都不是那種神經兮兮動輒惱怒的人；可湊到一塊兒，卻總會出乎意料地惹惱對方；然後那位冒犯者反過來又會因為對方唧唧歪歪的神經過敏而大動肝火——自從來到這裡，這種情況已經發生過兩次了，然後他們就會悶著頭繼續在那些九轉迴腸般的小巷裡摸索，然後突然來到某個廣場，隨著邁出的每一步，他們倆都越來越深地糾纏於彼此的存在，而身邊的城市也就一步步退縮為模糊的背景。

瑪麗做完瑜伽站起身來，仔細考慮了一下穿什麼內衣以後，開始著裝。透過半開的法式落地窗，她能看見陽臺上的柯林。他穿著一身白，攤開四肢躺在塑膠和鋁質沙灘椅上，手腕都快拖到地上了。他深吸一口大麻，仰起頭來屏住呼吸，然後把煙吐過陽臺矮牆上排開的幾盆天竺葵。她愛他，即便是這個時候的他。她穿上一件絲質短上衣和一條白色棉布裙，在床沿上坐下來繫涼鞋鞋扣的時候，從床頭櫃上撿起一本旅遊指南。從照片上看來，這個地區的其他部分都是些牧場、山脈、荒蕪的海灘，有條小徑蜿蜒穿過一片森林通向一個湖邊。在她今年唯一空閒的這一個月裡，她來到這裡應該是要把自己交託給博物館和旅館的。聽到柯林躺椅發出的吱嘎聲響，她走到梳妝臺前，開始以短促、有力的動作梳起了頭髮。

柯林把大麻拿進來請瑪麗抽，她拒絕了——飛快地喃喃說了聲「不，謝謝」——頭都沒回。他在她背後晃蕩，跟她一起盯進鏡子裡面，想捕捉住她的目光。可她目不斜視地看著面前的自己，繼續梳著頭髮。他用手指沿她肩膀的曲線輕撫過去。他們遲早得打破眼前的沉默。柯林轉身想走，又改了主意。他清了清嗓子，把手堅定地放在她肩膀上。窗外，大家已經開始觀賞落日，而室內，他們則急需商量和溝通。他的猶豫不決完全是大麻造成的，來回琢磨著要是現在掉頭就走，剛才已經拿手碰過她了，她也許，很可能最後就惱了……不過，她仍然在繼續梳她的頭髮，其實根本不需要梳這麼長時間，看來又像是在等著柯林走開……可為什麼呢？……是因為她感覺到他不情願待在這兒，而且也早已經煩了？……但他不情願了嗎？他可憐兮兮地用手指沿瑪麗的脊骨撫摸下去。結果她一隻手拿著梳柄，把梳齒靠在另一隻手的掌心上，仍繼續盯著前方。柯林俯下身來，吻了吻她的頸背，見她仍然不肯理他，只得大聲歎了口氣，穿過房間回到了陽臺上。

柯林又在沙灘椅上安頓下來。頭頂上是清朗的天空形成的巨大穹頂，他又歎了口氣，這次是滿足的歎息。駁船上的工人已經放下了工具，眼下正站成一簇，面朝著落日抽菸。旅館的浮船塢咖啡座上，顧客們已經喝起了開胃酒，一桌桌客人的交談聲微弱而又穩定。玻璃杯裡的冰塊叮噹作響，勤謹的服務生，鞋跟機械地敲打著浮船塢的板條，來回奔走。柯林站起身來，望著底下街上的過客。觀光客穿著他們最好的夏季套裝和裙子，有很多都上了年紀，爬行動物般緩慢地沿著人行道挪動。時不時就會有那麼一對停下腳步，讚賞地望著浮船塢上那些把酒言歡的客人，他們背後襯著的是落日與染紅的水面構成的巨幅背景。一位上了年紀的老紳士將他的老伴兒安置在前景位置，半跪下顫抖的兩條瘦腿要給她照相。緊挨著老太太背後的一桌客人好心地對著相機舉起了酒杯。可拍照的老先生卻一心想拍得自然些，站起身來，空著的一隻手大幅度地擺了擺，意思是還是請他們回到原來不知不覺的狀態才好。一直到那桌酒客，全都是年輕人，失去了興致，那老頭才又把相機舉到面前，再度彎下站不穩的雙腿。可是老太太現在已經朝一側偏開了幾步的距離，手裡的什麼東西引起了她的注意。她正轉過身去背朝著相機，為的是借助最後的幾縷太陽光察看手提包裡的什麼物件。老頭尖聲朝她叫了一聲，她乾淨俐落地回到原位。扣上手提包的咔噠一響又讓那幫年輕人來了勁兒。他們在座位上坐好，再次舉起酒杯，笑得尤其開心和無辜。老頭惱怒地輕輕哀歎了一聲，拉起老太太的手腕領她走開了，而那幫年輕人幾乎都沒注意到他們離開，開始在自家人中間祝酒，相互間開心地笑著。

瑪麗出現在落地窗旁邊，肩膀上披了件開襟毛衫。柯林全然不顧他們之間正在玩的把戲，馬上興奮地跟她講起下面的馬路上上演的那一幕活劇。她站在陽臺的矮牆邊，他述說的時候她只管望著日落。他指著那桌年輕人時，她的視線並沒有移動，不過微微點了點頭。在柯林看來，他已經無法重現其間那種模糊的誤會了，而這正是這幕活劇主要的趣點所在。可是他卻聽到自己將這齣小悲劇誇張成雜耍戲，或許是為了吸引瑪麗的全副注意。他將那位老紳士描述成「老得難以置信而且衰弱不堪」，老太太則「瘋瘋癲癲到極點」，那一桌年輕人是一幫「遲鈍的白癡」，在他嘴裡那老頭爆發出「難以置信的狂怒咆哮」。事實上，「難以置信」這個詞倒真的時時在他腦海中浮現，也許是怕瑪麗不相信他，或者因為他自己就不相信。他說完之後，瑪麗似笑非笑，短促地「嗯」了一聲。

他們倆之間相隔幾步的距離，繼續沉默地望著對面的水面。寬闊的運河對岸，那巨大的教堂現下成了一幅剪影，他們一直說要去參觀一下，再近一些，一條小舟上有個人把望遠鏡放回盒子裡，跪下來重新發動舢外的引擎。他們左上方的綠色霓虹燈招牌，突然咔嚓一聲爆了一下，就減弱為低低的嗡嗡聲。瑪麗提醒柯林，天色已晚，他們該馬上動身，不然餐館都打烊了。柯林點頭稱是，可也沒挪動臀部。然後他在一把沙灘椅上坐下來，沒過多久瑪麗也坐了下來。又一陣短暫的沉默，他們倆伸出手來握在一起。相互輕輕按了按對方的手心。兩人把椅子挪得更近些，相互輕聲地道歉。柯林撫摸著瑪麗的胸，她轉過頭來先吻了他的唇，然後又溫柔地像母親一樣吻了吻他的鼻子。他們倆低聲呢喃著、吻著，站起來抱在一起，然後返回臥室，在半明半暗間把衣服脫掉。

他們已經不再有特別大的激情了。其間的樂趣在於那種不慌不忙的親密感，在於對其規矩和程序的熟極而流，在於四肢和身體那安心而又精確的融合無間、舒適無比，就像是鑄造物重新又回到了模子裡。兩個人既大方又從容不迫，沒有太大的欲求，也沒多大動作。他們的做愛沒有明確的開頭或是結束，結果經常是沉入睡眠或者還沒結束就睡著了。他們會激憤地堅決否認他們已經進入倦怠期。他們經常說他們當真是融為一體了，都很難想起兩人原來竟是獨立的個體。他們看著對方的時候，就像是看著一個模糊的鏡面。有時，他們談起性政治，談的也不是自己。而恰恰正是這種共謀，使得相互之間非常脆弱和敏感，一旦重新發現他們的需要和興趣有所不同，情感上就特別容易受到傷害。可是兩人之間的爭執從來不會挑明，而像現在這種爭執之後的和解，也就成為彼此間最激動人心的時刻，對此兩人是深懷感激的。

他們小睡了一會兒，然後匆忙穿上衣服。柯林去浴室的時候，瑪麗又回到陽臺上等他。旅館的商店招牌燈關掉了。下面的街道已經渺無人跡，浮船塢上有兩個服務生在收拾杯盤。所剩無幾的幾位客人也不再喝酒了。柯林和瑪麗從沒這麼晚離開旅館過，事後瑪麗將當晚的奇遇歸因於此。她不耐煩地在陽臺上踱著步，呼吸著天竺葵灰撲撲的氣味。這個時候飯館都該打烊了，不過在這個城市的另一側有家開到深夜的酒吧，門外有時候會有個熱狗攤子，問題是不知道他們能不能找得到。她十三歲時還是個守時、盡責的中學生，腦子裡有不下上百個提升自我修養的想法，她當時有個筆記本，每個週日的傍晚，她都會定好下週要實現的目標。都是些適度、可行的任務，等她一步步完成任務再把它們劃掉的時候，感覺很是快慰：練習大提琴、對媽媽更好一些、步行上學、把公車的車費省下來。如今她可真嚮往這一類的快慰，希望不論是在時間還是行事上至少有部分是自己掌控之下的。她就像夢遊般從這一刻晃蕩到下一刻，一眨眼整整一個月就這麼毫無印象地一溜煙過去了，連一絲一毫自我意志的印記都不曾留下。

「好了嗎？」柯林喊道。她進屋，把法式落地窗關上。她從床頭櫃上拿好鑰匙，把門鎖上，跟著柯林走下沒有亮燈的樓梯。

2

整個城市，凡是主要街道的交匯處，或是最繁忙的廣場角落裡，都會有那種結構簡單的書報攤，白天蓋滿了各種語言的報刊雜誌，還掛著一排排印著著名景點、小朋友、各種動物和女人的明信片，掛久了邊緣捲起的卡片上面的女人，看起來就像是在笑。

書報亭裡坐著的攤主，透過那小櫥窗幾乎都看不到，裡面又是黑漆漆的。你有可能從亭子裡買了包菸之後還不知道賣給你菸的是男還是女。顧客只能看到當地人那種深棕色的眼睛、蒼白的一隻手，聽到喃喃的一聲道謝。這種書報亭是鄰里間緋聞私情和謠言蜚語的八卦站；訊息和包裹都在這兒遞送。可是遊客要是過來問路，攤主只會含含糊糊地指指掛在外頭的地圖，不仔細看，很容易隱沒在一排排俗麗的雜誌封面當中。

有很多種地圖可供挑選。最沒用的是那些出於商業利益印製的地圖，除了顯示重要的旅遊景點外，主要目的是為了宣傳某些商店或是餐館，這類地圖只有標出主要的街道。另一種地圖印成印刷粗劣的小冊子形式，可是瑪麗和柯林發現，他們從其中一頁走向另一頁的時候很容易就分不清東西南北了。再一種就是價格昂貴、官方授權印製的地圖，整個城市全部收錄，連最狹窄不過的通道都標得清清楚楚。可是整張打開以後足足有四英尺長三英尺寬，印刷用紙又是最差的，要是沒有適合的桌子和特製的夾子，在戶外你是休想打開來看的。終於弄到一套可以用的系列地圖集，其藍白條的封面頗引人注目，這套地圖將城市分為容易處理的五個部分，不幸的是這五個部分各自為政，互不交疊。他們住的旅館在地圖二的頂端區域，有家價格昂貴、名不副實的餐館在地圖三的底部。他們正打算前往的那家酒吧在地圖四中間，一直到他們經過一家關閉的書報亭以後，柯林才想起他們本來該把那套地圖帶出來的。沒有地圖指路，他們鐵定會迷路。

但他什麼都沒說。瑪麗領先他幾步之遠，走得很慢而且步幅均等，就像在步測一段距離。她抱著雙臂，低著頭，帶著挑釁的神氣沉思不語。狹窄的通道將他們帶到一個巨大、燈光黯淡的廣場，鵝卵石鋪就的一大片空曠之地，中央立了個戰爭紀念碑，用大塊、粗粗鑿就的花崗岩聚合成一個巨大立方體，上面是個正把來福槍扔出去的士兵雕像。這是個熟悉的標誌，幾乎是他們所有探險的起點。可是除了一家咖啡館外頭有個人正在把椅子疊起來，有條狗以及稍遠處還有個人在看著他以外，整個廣場都杳無人跡。

他們斜穿過廣場，進入一條寬一些的街道，兩旁都是賣電視機、洗碗機和傢俱的商店。每家商店都顯眼地展示它們的防夜盜警報系統。正是因為這個城市完全沒有人流和車流，遊客才這麼容易迷路。他們穿過幾條街道，看都沒看，只憑著本能盡挑些窄巷走，也許是因為他們一心想扎進黑暗中去，也許是因為前面有炸魚的味道飄來。根本就沒有任何標識。在沒有特定目的地的情況下，遊客選擇道路的方式就像選擇一種顏色，就連迷路的特定方式都能表現出他們一貫的選擇、他們的意願。而當兩個人一起做出選擇時又當如何呢？柯林盯著瑪麗的後背。街燈已經為她的短上衣褪了色，襯著老舊、黑沉沉的牆面，她閃著微光，銀色加墨黑色，宛如鬼魅。她纖巧的肩胛骨，隨著緩慢的步幅一起一落，在外衣的緞面上形成扇面一樣起伏的波紋，她的頭髮，部分用一隻蝴蝶形的髮夾攏在腦後，部分繞著她的肩膀和頸背前後擺動。

她在一家商店的櫥窗前停下來審視一張巨大的床。柯林跟她並排站著，晃蕩了一會兒，然後繼續往前走了。有兩個假人模特兒，一個身穿身淡藍色絲綢的男式睡衣褲，另一個套了件長及大腿的女式睡衣，上面裝飾著粉色蕾絲，躺在巧妙地故意弄亂的被單當中。不過這個展示還算不上完滿。兩個模特兒都是一個模子出來的，都是光頭，都笑得完美無瑕。它們平躺在床上，不過從對它們肢體的安排上看——每個模特兒都痛苦地將一隻手舉到下巴位置——顯然是想讓它們側躺著，是要表示兩人多情地對望著。不過，讓瑪麗停下腳步的卻是床頭櫃。床頭櫃上覆了一層黑色塑膠，橫跨過整個床面的寬度，兩邊還各多出一英尺來。它被設計成——至少在男士睡衣褲那邊的部分——像是發電站的控制板，或是一架輕型飛機。閃亮的塑膠裝飾當中嵌著一部電話、一個電子鐘、燈光開關和調光器、一臺卡式答錄機和收音機、一個小型冰箱式飲品櫃，靠近中間的位置，像圓睜著兩隻表示懷疑眼睛的，是兩個伏特計。在女式短睡衣那邊，占主導地位的是一面橢圓、玫瑰色的鏡子，相比而言顯得相當疏落。還有一個嵌入式梳妝櫃、雜誌架和連通嬰兒室的對講機。在小冰箱的上頭，與其相對應的位置貼著張支票，支票上寫的是下個月的某個日期、這家商店的大名、一個巨額數目，還有一個筆跡清晰的簽名。瑪麗注意到穿男式睡衣褲的模特兒手裡握著支筆。她朝一側走了一兩步，櫥窗平板玻璃上有處不平整的地方使得那兩個假人動了一下。然後就又靜止下來，手臂和腿毫無意義地舉著，就彷彿兩隻一下子被毒殺的昆蟲。她朝這幕喜劇場面轉過身去。柯林已經離開了五十碼的距離，在街道的另一邊。他正縮著肩膀，手深深地插在口袋裡，在看一本會自己翻動書頁的地毯樣本書。她趕上他，兩人繼續沉默不語地往前走，直到走完這條街來到一個岔路口。

柯林表示同情地說：「你知道，前幾天我也注意過那張床。」

岔路口原本矗立的肯定是幢宏麗的府邸，一座宮殿。二樓那鏽跡斑斑的陽臺底下，有一排石獅子在朝下張望。那高聳的拱形窗戶兩側，是帶有優美凹槽、已經坑坑窪窪的柱子，用來遮蔽窗戶的波紋鐵皮上面貼滿了標語廣告，連二樓都未能倖免。大部分的宣言和通告都來自女性主義者和極左陣營，有幾份是由當地反對重新開發這一建築的組織張貼的。三樓頂高懸一塊木板，用亮紅色的文字宣告已買得這幢建築的連鎖商店大名，然後用英語、用引號括起來說：「把你放在第一位的商店！」宏大的正門外頭，就像是一排來得太早的顧客般，排列著一堆塑膠垃圾袋。柯林兩手搭在臀部，沿一條街看下去，又跑到另一條街口張望。「我們真該帶著那些地圖。」

瑪麗已經爬上宮殿的第一段樓梯，正在看那些標語。「這裡的女性更加激進，」她轉頭道，「組織得也更好。」

柯林已經跑回去比較那兩條街道了。兩條街道筆直地延伸一段距離後，最終岔開來，分道揚鑣。「她們有更多要爭取的東西，」他說。「我們之前肯定經過這裡，可是你記得我們走的是哪條路嗎？」瑪麗正在費勁地翻譯一條冗長的標語。「哪條路啊？」柯林略微提高了點聲音。

瑪麗皺著眉頭，用食指沿著那幾行醒目的大字一個個認下去，唸完以後她勝利地大叫一聲。她轉身微笑地對柯林說：「她們呼籲把那些判決確定的強姦犯給閹了！」

他又跑到另一個位置，好看清楚右邊的街道。「然後把小偷的雙手給剁掉？聽我說，我確信我們曾經走過前面的那個自動飲水機，就在去那家酒吧的路上。」

瑪麗又轉回到那條標語。「不，這是種策略。為的是讓大家認識到強姦不僅僅是椿犯罪。」

柯林跑回來，兩腳分開牢牢地站穩，面向他們左邊的那條街道。那條街上也有個自動飲水機。「這麼一來，」他急躁地說，「大家就更不把女性主義那套當一回事了。」

瑪麗抱起手臂，沉吟了一會兒，抬腳沿右邊的岔路慢慢走下去。她重新回到她那種緩慢、精確的步伐。「大家對絞刑倒都挺當回事的，」她說，「一命償一命。」

柯林不放心地望著她往前走。「等等，瑪麗，」他在後面叫她，「你肯定這條路對嗎？」她頭都沒回地點了下頭。在很遠的距離以外，藉著路燈的光，可以看到隱約有個人影朝他們走來。這下柯林倒像是吃了定心丸，疾走幾步趕了上來。

這也是條繁榮的商業街，不過街上的商店非常密集、高檔，看起來都像是只賣一樣商品的專賣店——一家店裡有一幅鑲著金框的風景畫，油彩已經皺裂、暗沉，另一家店裡是一隻手工精製的鞋子，再往下看，還有一個孤單的相機鏡頭安放在天鵝絨的底座上。街上的噴泉不像城裡大部分的噴泉那樣只是個擺設，而是當真能用的。周圍一圈黑色石階和盛水盆的邊緣經過數百年使用，已經磨損和磨光了。瑪麗把頭伸到已經褪色的黃銅水龍頭底下喝了幾口水。「這兒的水，」她含了滿口的水說，「有魚腥味。」柯林正盯著前方，一心想看到那個人影再次出現在下一個路燈底下。可什麼都沒有，或許只是遠處某扇門前一點稍縱即逝的動靜，可能不過是隻貓。

他們上一次吃飯已經是十二個小時以前的事了，兩人分享了一盤炸鯡魚。柯林伸手去握瑪麗的手。「你記得除了熱狗以外，他還賣別的什麼東西嗎？」

「巧克力？堅果？」

他們的步伐加快了，踩在鵝卵石路面上，造成響亮的足音，聽起來像是只有一雙鞋踩出來的。「還說是全世界的美食之都呢，」柯林道，「我們吃個熱狗都得跑上兩英里。」

「我們在度假嘛，」瑪麗提醒道，「別忘了。」

他伸手輕拍了一下腦門。「當然。我太容易迷失在細節當中了，諸如餓了、渴了之類的。我們是在度假。」

他們鬆開手，繼續往前走的時候柯林還在小聲嘟囔。街道變窄了，兩旁的商店讓位給高大、幽暗的牆壁，隔一段距離會有個凹進去的通道，也沒什麼規律，窗戶則高懸在牆上，方方正正的小窗，都裝了十字形的鐵欄杆。

「這是那家玻璃廠，」瑪麗滿意地說，「我們到的第一天就想來這兒看看的。」他們慢下了腳步，不過並沒有停下來。

柯林說：「我們現在看到的一定是它的另一面，因為我從沒來過這裡。」「我們等著進去的時候，就是在這裡的某一道門前排隊。」

柯林轉身面對著她，既懷疑又憤怒。「那可不是我們到的第一天，」他大聲道，「我看你是完全搞混了。當時我們是看到排隊長龍才決定去海灘的，一直到第三天我們才去了那裡。」柯林是停下腳步來說這番話的，不過瑪麗卻繼續往前走。他大踏步趕上她。

「也許那是第三天，」她像是自言自語地說，「可我們來的就是這裡。」她指著前面幾碼遠的一個通道，就像是呼應她的召喚似的，一個蹲著的人影從黑暗裡走到了街燈的光圈中，站著擋住了他們的去路。

「看看你都做了些什麼。」柯林開玩笑地說，瑪麗笑了。

那男人也笑了，伸出手來。「你們是遊客吧？」他用有些不自然的精確英語問道，噗哧一笑，回答自己說：「還用得著問，你們當然是。」

瑪麗在他正前方停步說：「我們正在找個能吃點東西的地方。」

柯林想側身從這人身邊過去。「我們沒必要跟別人解釋我們想幹嘛，你知道的。」他很快地對瑪麗說。他話還沒說完，那人就熱誠地一把抓住了他的手腕，伸出另一隻手還想抓瑪麗的。她抱起手臂來微微一笑。

「太晚了，」那人道，「那個方向什麼都沒有了，不過往這個方向我可以帶你們去個地方，一個非常好的地方。」他咧嘴一笑，朝他們來的方向點了點頭。

他比柯林要矮，可他的手臂卻長得出奇而且肌肉發達。他的手也很大，手背上汗毛濃密。他穿了件緊身的黑色襯衫，是一種人造的半透明材料，沒扣扣子，乾脆俐落的V形開口幾乎一直開到腰間。脖子上掛了條鍊子，吊著一個金質剃刀刀片形的掛件，略微歪斜地躺在厚厚的胸毛上頭。他肩膀上扛著架相機。濃得衝鼻的刮鬍膏甜香充溢在窄窄的街道上。

「我說，」柯林道，一心想儘量平和地把手腕掙脫出來，「我們知道前面有個地方。」抓住他手腕的手放鬆了些，卻並沒有放手，只用食指和拇指繞住柯林的手腕。

那人深吸了一口氣，顯得像是長高了一兩英寸。「全都打烊了，」他宣佈道。「就連那個熱狗攤都撤了。」這番話是向瑪麗說的，還眨了眨眼。「我叫羅伯特。」瑪麗跟他握了下手，羅伯特開始拉著他們倆往回走。「請相信我，」他堅持道，「我知道那地方在哪兒。」

費了好大的勁兒，已經被他拉著走了好幾步，柯林和瑪麗才把羅伯特給拖住，他們三人站成一堆，沉重地喘著氣。

瑪麗用向小孩子說話的語氣說：「羅伯特，放開我的手。」他馬上放手，還淺淺地鞠了個躬。

柯林說：「你最好也把我放開。」

可是羅伯特正忙著向瑪麗抱歉地解釋：「我是想幫你們。我會把你們帶去一個很好的地方。」他們再次出發。

「我們不需要給人硬拖著去吃什麼好吃的，」瑪麗說。羅伯特點頭稱是，他摸了摸前額：「我只是，我只是一直……」

「且慢——」柯林打斷了他。

「……一直很想練練我的英語。也許有些過於急切了。我曾經說得非常完美的。請走這邊。」瑪麗往前走。羅伯特和柯林跟了上去。

「瑪麗！」柯林叫道。

「英語，」羅伯特說，「真是門美麗的語言，充滿了誤解和歧義。」

瑪麗轉頭微微一笑。他們再次來到了岔路口那幢大宅面前。柯林把羅伯特拉住，硬把手抽了回來。「對不起。」羅伯特道。瑪麗也停下腳步，再次審視起那些標語和廣告來。羅伯特順著她的目光，看到一幅模版印刷的粗糙大紅廣告，在鳥類學家用以表示雌性物種的符號裡面印著一個緊握的拳頭。他再次表示歉意，彷彿他們看到的一切他都負有責任似的。「這都是些找不到男人的女人。她們想摧毀男女之間一切美好的東西。」他又就事論事地加了一句：「她們都太醜了。」瑪麗看著他的方式就像是在看電視上的一張臉。

「這下，」柯林道，「你可是碰到對頭了。」

她朝他們倆甜甜地一笑。「我們還是去找你說的好吃的吧。」她說，羅伯特正指著另一幅標語準備再加發揮呢。

他們往左邊那條岔路，走了十分鐘左右，其間羅伯特一心想跟他們攀談，但瑪麗一味地報以沉默，專注於自我——她再度抱起手臂；而柯林則表現出輕微的敵意——他刻意跟羅伯特保持著一定的距離。他們穿過一條小巷，走下幾段傾頹的臺階後，來到一個很小的廣場，最多三十英尺見方，廣場對面有不下五六條更小的便道。「從那條路下去，」羅伯特說，「就是我住的地方。不過太晚了，就不請你們過去了。我妻子可能已經睡了。」

他們再度左兜右轉，經過搖搖欲墜的五層樓住宅，經過關門的雜貨店，蔬菜和水果就裝在外頭堆積成一堆的板條箱裡。一個繫著圍裙的店主推著一車箱子出來，大聲地喊羅伯特，羅伯特呵呵一笑，搖了搖頭，舉起一隻手。他們終於來到一個燈火通明的通道，羅伯特為瑪麗撩起發黃了的條狀塑膠門簾。他們走下一段陡直的樓梯，羅伯特一直把手搭在柯林的肩上，來到一個狹窄而又擁擠的酒吧。

吧臺邊的高腳凳上坐了幾個年輕男人，穿著打扮跟羅伯特很像，還有幾個以同樣的姿勢——全身的重量都落在一隻腳上——圍繞著一臺具有華麗的曲線和鍍鉻的渦卷裝飾的自動唱機。唱機後面發散出一種漫射的深藍色光，襯得這幫人的臉色非常不好，像是要吐的樣子。每個人要嘛正在抽菸，要嘛正乾脆俐落地往外拿菸，要嘛正朝前伸長了脖子、噘起嘴巴來讓人幫忙把菸點上。每個人都是穿緊身衣，都一隻手拿著菸，打火機和菸盒在另一隻手上拿著。他們都在聆聽的那首歌，因為沒人講話，音量很高，帶著快快活活的感傷調調，由管弦樂隊來伴奏，演唱的男聲裡有種很特別的嗚咽，而頻繁跟進的合唱當中卻又夾雜有嘲弄性的「哈哈哈」。唱到這裡的時候，有幾個年輕男人就會把菸舉起來，雙眼迷濛，皺起眉頭加進自己的嗚咽。

「感謝上帝我不是個男人。」瑪麗說著，想去握柯林的手。羅伯特將他們倆引到一張桌子邊坐下，又去了吧臺。柯林把兩隻手都放在口袋裡，身體往後靠得椅子前腳離地，盯著那臺自動唱機在看。「哦，別這麼小氣，」瑪麗說著戳了戳他的手臂，「不過是句玩笑話。」

那首歌在歡慶的交響樂高潮當中結束，接著馬上又重新開始。吧臺後面，玻璃杯在地板上摔碎，有一陣短暫的、慢吞吞的掌聲。

羅伯特終於回來，拿了瓶巨大、沒貼標籤的紅葡萄酒，外帶兩根麵包條，其中一根被掰短了。「今天，」他在那一片喧囂之上滿懷驕傲地宣佈，「廚師病了。」朝柯林眨了眨眼後，他坐下來把酒杯斟滿。

羅伯特開始東問西問，起先他們回答得很勉強。他們告訴他各自的姓名，說他們倆沒結婚，也沒同居，至少目前還沒有。瑪麗告訴他她那兩個孩子的年齡和性別。兩人都說了自己的職業。然後，雖說根本就沒什麼可以吃的，又借了點酒力，他們倆開始體驗到因為發現自己置身於一個沒有遊客的所在，因為突然有所發覺、發現了某個真實存在的地方而感到的樂趣，這種樂趣只有身為遊客才能體驗得到。他們放鬆了下來，在這片喧囂和煙霧當中安頓；也反過來問了很多身為遊客而終於有幸跟一個真正的當地人交談時會問的嚴肅、熱心的問題。還不到二十分鐘，他們已經喝光了那瓶紅酒。羅伯特告訴他們自己經商，是在倫敦長大的，他的妻子是加拿大人。瑪麗問他是怎麼認識他妻子的；羅伯特說，要解釋這個，首先得講清楚他幾個姐妹和母親是什麼樣的人，而要解釋他母親和姐妹的狀況又非得先講清楚他父親是何等樣人。看來他是準備好要細說從頭了。「哈哈哈」的合唱正漸入佳境，加強為另一個高潮唱段，靠近自動唱機的一張桌子邊，有個一頭鬈髮的男人把臉埋在臂彎裡。羅伯特朝吧臺喊著要再一瓶紅酒。柯林把那兩根麵包條各掰成兩段，跟瑪麗分吃了。

3

歌聲停歇，圍繞吧臺四周的談話開始了，起先很輕柔，由一種外語的母音和輔音構成的愉快嗡嗡和颯颯聲；簡單的意見激起表示贊同的單音詞彙或聲響；然後是暫歇，既雜亂又和諧，緊跟其後的是聲音更大的意見，相對應的是更加複雜和詳盡的回答。不出一分鐘，有好幾組顯然非常熱情的討論漸次展開，彷彿好幾個各不相同的爭論主題自然地分配完畢，勢均力敵的論辯對手已各就各位。要是自動唱機還開著，根本不會聽到這些。

羅伯特盯著雙手按在桌上的酒杯，像是在凝神屏息，這使得這麼近距離望著他的柯林和瑪麗也感覺有些呼吸困難。他看起來比剛才在街上要老了些。斜照的電光在他臉上勾勒出幾近幾何的線條，像是蒙了網罩。有兩條線從他的鼻孔連接處一直連到兩邊的嘴角，形成一個近乎完美的三角。額頭上平行的皺紋，與下方一英寸位置，鼻樑上的一條單線，一道深深的皺褶，構成一個精確的直角。他緩緩地自顧自點了點頭，深深吐出一口氣，寬厚的肩膀也低垂下來。瑪麗和柯林俯下身，仔細傾聽他訴說身世。

「我父親當了一輩子外交官，我們有很多很多年都住在倫敦，在騎士橋。但我當時很懶——」羅伯特微微一笑，「直到現在我的英語都說不標準。」他略微停頓了一下，像是等著他們反駁。「我父親是個大塊頭。我是他最小的孩子，也是他的獨子。他坐下來的時候姿勢是這樣——」羅伯特又重新回到先前他那種緊繃、筆直的姿態，兩隻手端端正正地放在膝蓋上。「終其一生我父親都留著這樣的鬍鬚——」羅伯特用食指和拇指在鼻子底下比量出一英寸的寬度，「在他的鬍鬚灰白以後，他就用小刷子把它染黑，就像女士們染眼睫毛一樣。睫毛膏。

「所有的人都怕他。我母親、我的四個姐姐，就連大使都怕我父親。他眉頭一皺，誰都不敢開腔。在飯桌上你一句話都不能講，除非他先跟你講話。」

羅伯特提高了嗓音，為的是壓過周圍的喧囂。「每天傍晚，就算那天有招待會，而我母親必須盛裝出席時，我們也都得安靜地坐下來，腰桿筆直，聽我父親大聲朗讀。

「每天早上他六點鐘起床，然後去浴室刮臉。在他梳洗完畢之前，誰都不准起床。我小時候總是在他之後第二個起床，飛快地跑到浴室裡去聞他留下來的氣味。請原諒，他的氣味非常難聞，不過卻罩了一層刮鬍膏和香水的味道。一直到現在，古龍水對我來說就是我父親的味道。

「我是他的最愛，他的寵兒。我記得——也許同樣的場景發生過很多次——我兩個姐姐伊娃和瑪莉亞，當時一個十四歲、一個十五歲。吃晚飯時她們倆求他：『求求你，爸爸。求求你！而對每一項懇求他都說：『不！』她們不能參加學校組織的參觀活動，因為會碰到男生。她們不允許不穿白色短襪。她們下午不能去劇院，除非媽媽也去。她們不能請她們的朋友留下，因為對她們會有不良影響，她們從來不去教堂。然後，我父親突然站到我的座位後面，我挨著我母親坐，朗聲大笑。他從我腿上把餐巾拿起來，塞進我襯衣前襟裡。『看呀！』他說，『這就是下一位一家之主。你們必須時時刻刻記得幫羅伯特保持好的一面！』然後他就讓我來解決爭端，自始至終他都把手放在我這兒，用兩個指頭輕輕地捏著我的脖子。我父親會說：『羅伯特，女孩子能像她們的母親那樣穿絲襪嗎？』而十歲的我就會朗聲回答：『不，爸爸。』『她們可以沒有媽媽陪伴就去劇院嗎？』『絕對不行，爸爸。』『羅伯特，她們能讓她們的朋友留下嗎？』『想都甭想，爸爸！』

「我回答得豪情滿懷，一點都不知道我被利用了。也許這是唯一的一次。可對我而言這卻是我童年時的每個傍晚都會發生的。然後我父親就會回到餐桌頂頭他的座位上，假裝非常難過。『我很抱歉，伊娃、瑪莉亞，我就要回心轉意了，可你看羅伯特卻說這些事都是不能做的。』說著他哈哈一笑，我也跟著他笑，我把一點一滴、一字一句都當了真。我會一直笑下去，直到我母親把手放在我肩膀上說：『噓，好了，羅伯特。』

「就是這樣！我姐姐恨不恨我呢？現在我知道這事兒只發生過一次。那是個週末，整個下午家裡都沒人。我還是跟那兩個姐姐伊娃和瑪莉亞一起，進了父母的臥室。我坐在床上，她們倆來到母親的梳妝臺前，把她所有的化妝品都拿出來。她們首先塗了指甲，揮著手指讓指甲油快點乾。她們把脂啊、粉啊的全往臉上抹，塗上口紅，拔了眉毛，在眼睫毛上刷睫毛膏。她們從母親的抽屜裡找出絲襪，要我在她們脫下白色短襪換上絲襪的時候把眼睛閉上。再次站起來以後她們就變成了兩個非常漂亮的女人，兩個人互相打量著。在一小時的時間裡，她們倆就在房間裡四處走動，轉頭從肩膀上看著鏡子裡或是窗玻璃裡面的自己，在客廳的中央轉了一圈又一圈，或者非常小心地坐在椅子的扶手上弄頭髮。她們到哪兒我就一路跟到哪兒，目不轉睛地看著她們，就只是看著。『我們漂不漂亮啊，羅伯特？』她們會說。她們知道我被鎮住了，因為這不是我的姐姐，而是搖身一變成了美國電影明星。她們對自己也非常滿意。她們咯咯笑著，相互吻著，因為她們是真正的女人了。

「當天下午稍晚時候，她們倆跑到浴室裡把所有的妝都洗乾淨。回到臥室，把瓶瓶罐罐都收好，還把窗戶都打開，這樣媽媽就聞不到她自己的香水味了。她們把絲襪和吊襪帶都疊好，完全按照她們見過媽媽收拾的方式收好。她們把窗戶關上以後，我們就下樓等著母親回家，我始終都興奮莫名。那兩個漂亮女人突然間又變回了我的姐姐，兩個高個兒女學生。

「晚飯時間到了，我仍舊平靜不下來。我姐姐的行為舉止彷彿什麼事都沒發生過。我意識到父親正盯著我看。我朝上瞥了一眼，見他直看透我的眼睛，一直深入我的內心。他很慢很慢地放下刀叉，嚼著嘴裡的食物，全部嚥下去以後說：『告訴我，羅伯特，你們今天下午都幹嘛來著？』我相信他什麼都知道得一清二楚，就像是上帝。他是在考驗我，看我是不是值得信賴地會把實話說出來。所以，跟他說謊是毫無意義的。我把一切都說了，脂啊、粉啊、口紅、香水，還有從母親抽屜裡拿出來的絲襪，我還告訴他這些東西最後都多麼仔細地收好了，彷彿這就能把一切都洗脫乾淨。我甚至把她們開窗、關窗的事都說了。起先我兩個姐姐呵呵笑著堅決否認我所說的種種。但在我繼續不斷地把一切都往外傾訴的過程中，她們緘口不語了。等我說完後，我父親只說了句『謝謝你，羅伯特』，就繼續用餐了。直到晚飯吃完，誰都沒再說過一句話。我不敢朝兩個姐姐坐的方向看。

「飯後，就在我該上床的時候，我被叫到了父親的書房。這地方誰都不准隨便進去，裡面全都是國家機密。書房是整幢房子裡最大的一個房間，因為有時候我父親就在這裡接見別的外交官。窗戶和深紅色的天鵝絨窗簾直達天花板，天花板上裝飾有金色的葉子和巨大的環形圖案。有一盞吊燈。到處是裝在玻璃櫥門裡的書，地板上鋪滿了全世界出產的地毯，鋪得極厚，有些甚至掛在牆上。我父親喜歡收藏地毯。

「他坐在攤滿紙張的巨大書桌後面，我那兩個姐姐站在他面前。他讓我坐在書房另一邊一把大皮質扶手椅上，這椅子原是我爺爺的，他也是個外交官。沒有一個人出聲。感覺就像是部默片。我父親從抽屜裡取出一條皮帶抽我兩個姐姐——每人在屁股上狠狠抽了三下，伊娃和瑪莉亞一聲都沒吭。然後一眨眼我就在書房外頭了。門關上了。兩個姐姐回她們的房間哭去了，我上樓來到自己的臥室，事情就這麼完了。我父親再也沒提過這件事。

「我姐姐！恨死我了。這個仇她們非報不可。我相信連著好幾個禮拜，她們都沒討論過別的。這事也發生在家裡沒人的時候，父母都出去，廚師也不在，在我姐姐挨打一個月後，也許一個多月。首先我得聲明，我雖然最受寵，也有很多事是不允許做的。尤其是不能吃、喝任何甜食，不能吃巧克力，不能喝汽水。我祖父也從來不許我父親吃甜食，除了水果以外。這對腸胃不好。不過最重要的是，甜食，特別是巧克力，對男孩子來說會有壞影響。會造成他們性格軟弱，變得像小女孩。或許這也不無道理，誰知道呢，只有科學才說得清楚。還有，我父親這麼做也是為了我的牙齒好；他希望我能有一口他那樣的牙齒，完美無缺。在外面我吃別的男孩子的甜食，在家真是一口都沒得吃。

「於是，那天愛麗絲，我最小的姐姐，跑到花園裡來叫我：『羅伯特，羅伯特，快到廚房裡去。有好吃的給你吃呢。伊娃和瑪莉亞有好多好吃的給你吃！』起先我沒去，因為我怕那是個圈套。可禁不住愛麗絲一遍又一遍地說：『快來呀，羅伯特！』最後我就去了。廚房裡有伊娃和瑪莉亞，還有麗莎，我另一個姐姐。餐桌上擺著兩大瓶汽水、一個奶油蛋糕、兩包巧克力，還有一大盒水果軟糖。瑪莉亞說：『這都是給你的。』我馬上就起了疑心，說：『為什麼？』伊娃說：『我們希望你將來對我們好一點。等你把這些好吃的全都吃掉以後，你就會記得我們待你有多好了。』這聽起來挺有道理的，而且它們看起來都這麼美味誘人，於是我就坐下來，伸手去碰汽水。可瑪莉亞伸手壓住了我的手。『首先，』她說，『你得先喝點藥。』『為什麼？』『因為你知道甜食對你的胃會造成多壞的影響。你要是病了，爸爸就會知道你做些什麼，我們就都得遭殃了。這種藥可以保證你一切正常。』於是我就張開嘴巴，瑪莉亞餵我吃了四湯匙某種油樣的東西。味道真夠噁心的，不過沒關係，因為我馬上就開始大嚼巧克力和奶油蛋糕，還灌了汽水。

「我幾個姐姐站在桌邊看著我。『好不好吃？』她們問我，可我吃得狼吞虎嚥，都顧不得說話了。我琢磨著，她們對我這麼好，也許是因為她們知道有朝一日我會繼承父親的宅邸。我喝完了第一瓶汽水後，伊娃拿起第二瓶說：『我看他是喝不了這一瓶了。我還是把它拿走吧。』瑪莉亞說：『說得對，拿走吧。只有**男子漢大丈夫**才能喝掉兩瓶汽水呢。』我從她手裡一把把瓶子搶過來，說：『我當然能喝得掉。』我那四個姐姐異口同聲地說：『羅伯特！這絕不可能！』所以我當然是把它給喝掉了，我還吃完了兩條巧克力、水果軟糖和整個奶油蛋糕，我那四個姐姐一起為我鼓掌：『好樣的，羅伯特！』

「我努力想站起來。廚房開始繞著我旋轉起來，我急需去上廁所。可伊娃和瑪莉亞突然間把我打倒在地，壓在底下。我四肢乏力，還不了手，況且她們個頭都比我大多了。她們早就預備了很長的一條繩子，把我的兩隻手反綁在背後。從頭到尾愛麗絲和麗莎一直都蹦蹦跳跳，還一邊唱著：『好樣的，羅伯特！』然後伊娃和瑪莉亞把我拖起來，推著我走出廚房，經過走廊，穿過寬大的門廳進入我父親的書房。她們從裡面把鑰匙拔下來，把門關上並且上了鎖。『再見了，羅伯特！』她們透過鑰匙孔喊道，『現在你成了書房裡的老爸了。』

「我站在那個巨大房間的中央，就在吊燈底下，起先我還沒意識到自己為什麼到這裡，然後就明白了。我想把繩結掙脫開，可是繫得太緊。我喊著叫著，用腳踢門，用腦袋撞門，可整幢房子鴉雀無聲。我從書房這頭跑到那頭，想找個可以嘔吐的地方，但每個角落都鋪著昂貴的地毯。最後我終於忍不住了。先湧上來的是汽水，不久以後是巧克力和蛋糕，也像是液體。我當時穿的是短褲，就像個英國學童。我並沒有一直站在一個地方，只糟蹋掉一塊地毯，我反而四處亂跑，又哭又叫，就彷彿我父親已經在後頭追趕一樣。

「鑰匙在鎖孔裡轉了一下，門猛地被打開，伊娃和瑪莉亞跑了進來。『呸！』她們倆嫌惡地叫道。『快，快！爸爸回來了！』她們把繩子解開，把鑰匙插回到門裡，然後就跑掉了，笑得就像兩個瘋婆子。我聽到父親的車停在車道上的聲音。

「起先我動彈不得。後來，我把手伸到口袋裡掏出一塊手帕，我走到牆邊——是的，連牆上，連他的書桌上都吐滿了——我就像這樣輕輕擦拭一塊古老的波斯地毯。然後我才注意到我兩條腿，都快變成黑的了。手帕根本沒用，實在是太小了。我跑到書桌邊拿了幾張紙，我父親就是在這種情形下看到我的：拿他的國家大事擦我的膝蓋，而且我身後他書房的地面上一片狼藉。我朝他走了兩步，雙膝著地，差一點就吐在他鞋面上，吐了很長很長時間。一直到我吐完，他仍然矗立在書房的門口，動都沒動。他仍舊提著他的公事包，他臉上什麼表情都沒有。他低頭看了一眼我剛吐的那一攤，說：『羅伯特，你吃了巧克力？』我說：『是，爸爸，可我……』這對他來說已經足夠了。後來母親到我臥室裡來看我，而第二天早上有位精神科醫生來看我，說我受刺激不小。可是對我父親而言，我只要確實是吃了巧克力，那就足夠了。他連續三天每天晚上都抽我，接連好幾個月對我惡聲惡氣。好多好多年都不允許我踏進書房半步，直到我領著未來的妻子進去看他。一直到今天我都再也沒有吃過巧克力，也一直沒有原諒我姐姐。

「我受罰的那段時間裡，只有我母親還跟我說話。她跟我父親講定不能打得我太重，而且只打三個晚上。她身材高挑，非常漂亮。每逢外事招待會，她最常穿的就是白色：白色的短外衣、白色的長絲巾，還有白色的絲質長裙。我記得最清楚的就是她一身白色的樣子。她英語講得很慢，不過每個人都恭維她講得字正腔圓、音調高雅。

「我小時候常做惡夢，非常恐怖的惡夢。而且還夢遊，現在我有時也會夢遊。我做惡夢時常在三更半夜嚇醒，馬上就會叫——『媽咪！』像個英國小男孩。而她像是一直醒在那裡等我叫她似的，因為我一叫，就能馬上聽到走廊很遠的那頭，我父母臥室裡的床鋪上咯吱一聲，聽到她開燈的聲音，聽到她的赤腳裡一根骨頭細微的劈啪聲。她走進我的房間，總是問：『怎麼了，羅伯特？』我就會說：『我想喝點水。』我從不說『我做了個惡夢』，或是『嚇死我了』。她總是到浴室為我倒杯水，看著我喝下去。然後吻吻我頭上的這個位置，我馬上就睡著了。有時接連好幾個月每天夜裡都得來這麼一齣，但她從來都不會事先在我床頭放一杯水。她知道我必須有個藉口在半夜裡把她叫起來。卻從來就不需要用言語去解釋。我們的關係非常親密。連我結婚以後，在她去世之前，我都習慣了每週把穿過的襯衫拿去給她洗。

「只要我父親不在家過夜，我就到她床上跟她睡，一直到我十歲。然後就突然中止了。有天下午加拿大大使的夫人受邀來我家喝茶。一整天我們都在做準備。我母親要確保我那幾個姐姐和我知道怎麼把茶杯和茶碟端起來。我還負責端著放蛋糕和小三明治的盤子在房間裡四處走動，看有誰需要取用。我特地被送去剪了頭髮，還要繫上個紅領結，在一切準備當中我最討厭這個。大使夫人的頭髮是藍的，這是我從未見過的，她帶了一個女兒過來，叫卡洛琳，當時十二歲。後來我才知道我父親特意交代過，出於外交和商業利益，我們兩家一定要交好。我們都安安靜靜地端坐著，聽兩位母親閒談，「加拿大」夫人問我們什麼問題的時候，我們就站得筆直，禮貌地作答。現在可不會教小孩子這麼做了。然後我母親就帶大使夫人去看我們的房子和花園，孩子們單獨留了下來。我那四個姐姐都穿著她們正式的禮服裙子，一起坐在那個大靠背椅上，靠得那麼近，看起來就像是一個人，亂糟糟的一堆緞帶、蕾絲和鬈髮。她們全體出現的時候是挺嚇人的。卡洛琳坐在一把木椅子上，我坐了另一把。有那麼幾分鐘時間，誰都沒說話。

「卡洛琳長著一雙藍眼睛，一張小臉，小得就像個猴子的臉。她鼻子上長了些雀斑，那天下午她把頭髮紮成個很長的馬尾，垂在腦後。沒人說話，可是大靠背椅上傳來竊竊私語和輕輕的笑聲，透過眼角我還看到我那幾個姐姐在暗地裡推推擠擠。我們能聽到頭頂上，母親和卡洛琳的母親從一個房間走進另一個房間的腳步聲。這時伊娃突然說：『卡洛琳小姐，你跟你母親一起睡嗎？』

卡洛琳回答說：『不會啊，你們呢？』然後伊娃是這麼說的：『我們不會，可是羅伯特會。』

『我臉紅得都快變紫了，都準備從房間裡跑出去了，但卡洛琳轉身對我微微一笑，說：『我覺得這真是太甜蜜了。』從那一刻起我就愛上她，也不再跟母親一起睡了。六年後我再次遇到卡洛琳，又過了兩年，我們就結婚了。』

酒吧漸漸空了下來。頭上的燈也亮起，一個酒吧工人開始清掃地板。柯林在故事講到最後時已昏睡過去，朝前趴下，頭枕在手臂上。羅伯特從他們的桌上拿起兩個空葡萄酒瓶，放到吧臺上，像是發了幾個施令。另一個工人走過去把菸灰缸裡的菸頭、菸灰倒進桶裡，將桌子抹乾淨。

羅伯特再次回到桌子旁邊時，瑪麗說：「你妻子的事情，你告訴我們的並不多。」

他把一盒火柴塞到她手裡，火柴盒上印著這家酒吧的名字和地址。「我幾乎每天晚上都在這兒。」他把她的手指合攏，握住火柴盒，又握了一下。走過柯林的椅子時，羅伯特伸出手來撫弄了一下他的頭髮。瑪麗看著他離開，坐在原地打了一兩分鐘呵欠，然後叫醒柯林，對他指了指樓梯的位置。他們倆是最後離開的客人。

4

街道的一端消逝在完全的黑暗中；另一端，一道漫射的藍灰色光線，映現出一系列低矮的建築，就像花崗岩切割成的積木一個搭一個地傾斜延伸下去，在街道蜿蜒消失不見之處堆疊在一起。幾千英尺之上，雲彩伸出一隻細長的手指，直指那道彎曲的線條，透出一抹緋紅。一陣涼涼、鹹鹹的風順著街道吹來，將一張包裝用的玻璃紙吹到柯林和瑪麗坐著的臺階上，輕輕地攪動。從他們身後百葉窗緊閉的室內，傳來模糊不清的打鼾聲和彈簧床的吱嘎聲，穿過他們倆頭頂。瑪麗把頭靠在柯林肩膀，他則靠著背後的牆面，在兩條排水管的中間。一條狗從街道較亮的那頭迅速地朝他們倆走來，腳趾甲在老舊的石板路面上一板一眼地咔咔踩過。牠在到達他們面前時並沒有停步，也沒朝他們的方向看，直到完全消失在黑暗之中，牠那繁複的腳步仍能聽得見。

「我們真該帶著那疊地圖的。」柯林說。

瑪麗往他身上靠得更近。「沒什麼大不了的，」她喃喃道，「我們在度假嘛。」

一小時後他們倆被歡聲笑語給吵醒。不知哪裡有座聲音尖銳的鐘堅定地敲響了。此時的光線已無深淺之分，微風溫暖而濕潤，宛如動物的呼吸。一幫小孩，穿著黑色袖領的亮藍色罩衫，蜂擁著衝過他們身邊，每個小孩背上都揹著乾乾淨淨的一包書。柯林站起身來，兩隻手抱住頭，猶豫地走到窄巷中間，孩子們在他面前分開，然後重新匯合為一體。一個小女孩把一顆網球扔到他肚子上，並乾淨俐落地把彈回來的球接住；快活、讚賞的尖叫響成一片。接著鐘聲停歇，其餘的孩子也跟著沉默，沉著臉飛快地跑走；街道突然間空了下來。瑪麗在臺階上彎下腰，兩隻手拚命搔著一條小腿和腳踝處。柯林站在空蕩蕩的街道中央，輕輕地搖晃，盯著低矮建築的那個方向。

「有什麼東西咬了我！」瑪麗叫道。

柯林走過來站在瑪麗後面看她抓癢。幾個細小的紅點慢慢擴張成硬幣大小的紅色腫塊。「換成我就不會再抓了。」柯林說。他抓住她的手腕，把她拉到街上。那群小孩走得好遠，他們的聲音聽起來變了樣，像置身於一個巨大房間裡，聽見誦唸宗教問答或是數學公式。

瑪麗不斷地跳腳。「哦上帝啊！」她叫道，惱怒中帶了點自我調侃，「我要是不抓會沒命的。而且渴死我了！」

柯林的宿醉倒是賦予了他一種疏離、粗暴的權威感，這在他身上並不常見。站在瑪麗身後，把她的兩隻手都按在她身上不讓她亂動，他指著街道的一端。「我們只要走到那裡，」他貼著她耳朵說，「我想我們就能來到海邊。那兒應該能找到一家開門營業的咖啡館。」

瑪麗也就任由他把自己推著往前走。「你還沒刮鬍子呢。」

「別忘了，」柯林道，一邊加快速度下那個陡坡，「我們是在度假嘛。」

一步出街彎，大海就撲面而來。眼前的地界狹窄而荒僻，兩面都被連綿不斷的一線飽經風霜的房屋框住。高起的柱子從平靜且泛黃的水面以一種匪夷所思的角度冒出來，可是沒有一條船繫泊其上。在柯林和瑪麗的右邊，有塊凹凸不平的鐵皮告示牌指路，順著碼頭沿岸就能到一家醫院。一個小男孩，由兩個拎著鼓漲塑膠購物袋的中年婦女挾著，從他們倆方才走過的那條街來到碼頭。這隊人馬在告示牌前停下腳步，兩個女人彎下腰去翻揀包包裡的東西，像是忘記帶了什麼。再度出發時，小男孩尖聲提出什麼要求，馬上就被喝止了。

柯林和瑪麗在碼頭邊緣附近的貨箱上坐下，聞到一股刺鼻的死魚味。終於能從身後城市裡那些窄街僻巷中解脫出來，望向大海，他們長歎了一口氣。占據前方的是個低矮、圍牆環繞的小島，約半英里遠，全島都用來作為公墓。一邊有座小禮拜堂和一個石砌的小碼頭。隔著這段距離望去，視野被淡藍的晨霧扭曲，明亮的陵墓和墓碑看過去就像個發展過度的未來城市。在一道污染造成的煙塵後面，太陽宛若髒乎乎的銀盤，又小又清晰。

瑪麗再次靠在柯林的肩膀上。「今天你得要照顧**我**了。」她邊說邊打了個呵欠。

他撫摸著她的後頸。「那你昨天有沒有照顧**我**呢？」

她點了點頭，闔上眼睛。要求對方照顧是他們倆之間的例行公事，他們會輪流擔負起照顧之責。柯林把瑪麗抱在懷裡，有些心不在焉地吻了吻她的耳朵。從公墓小島後面冒出來一艘水上巴士，朝那個石砌的碼頭靠近。即使相隔這麼遠的距離，仍然可以看到一身黑色的瘦小身影拿著花從船上下來。一聲脆薄的哭喊穿過水面傳來，是隻海鷗，或者也許是個孩子，水上巴士又慢慢駛離了那座小島。

船朝醫院的碼頭駛去，那碼頭位於岸邊的一處拐彎後面，從他們坐的地方看不到。那所醫院本身卻赫然聳立在周遭的建築之上，是座牆面剝落的芥末黃城堡，淺紅色瓦片鋪砌的陡峭屋頂上，撐著一堆搖搖欲墜的電視天線。部份病房有高大的、裝了窗櫺的窗戶，這些窗戶開向小船般大小的陽臺，全身穿白色的病人或是護士在陽臺上或站或坐，望著大海。

在柯林和瑪麗身後，碼頭區和街道上的人越來越多。披著黑色披肩的老太太，整個包裹在沉默當中，提著空購物袋步履艱難地走過。從旁邊的一幢房子裡傳來濃烈的咖啡和雪茄煙味兒，相互混合，甚至蓋過了死魚的臭味。一個形容枯槁的漁民穿了身破爛灰西裝，裡面套了件原本是白色、鈕扣都掉光了的襯衫，像許久以前逃離了一份辦公室工作般，他在貨運箱子旁邊扔下一堆漁網，差點就扔到了他們腳上。柯林做了個模糊的、表示歉意的姿勢，可那個人已經走開，並以精確的發音說了句：「遊客！」揮了揮手表示不跟他們計較。

柯林把瑪麗叫醒，勸她跟他一起走到醫院的碼頭。就算那裡沒有什麼咖啡館，他們也可以搭水上巴士通過運河回到市中心，離的旅館也就不遠了。

等他們走到壯麗的門房，同時也是醫院入口時，那艘水上巴士卻正在離岸。兩個身穿藍色夾克、戴著銀邊墨鏡、留著一抹極細唇髭的小夥子負責操作那艘船。其中一個在方向盤前面站好了，另一個手腕翻飛，熟練又滿是不屑地將繩索從繫船柱子上解下；在最後一刻，他信步跨過變寬的油膩水面跳上船去，順手將擠滿了乘客的鐵柵欄拉開，又用一隻手馬上關好，一邊冷漠地望著漸漸遠去的碼頭，一邊大聲跟他的同事交談。

柯林和瑪麗也沒再商量，朝陸地的方向轉過身，加入潮水般湧過門房的人流，步上一條兩旁由開花的灌木夾峙的陡峭車道，朝醫院走去。上了年紀的女人坐在矮凳上出售雜誌、鮮花、十字架和小雕像，可是連一個停下腳步看看物品的人都沒有。

「如果有門診病人，」柯林道，把瑪麗的手握得更緊，「就該有個賣便餐的地方。」

瑪麗突然暴怒：「我一定得找杯水喝。水他們總該有吧。」她的下唇乾裂，頂著兩個熊貓眼一樣的黑眼圈。

「那倒是，」柯林說，「畢竟是個醫院嘛。」

在華麗的玻璃門外頭早已排起了隊，門上罩著一只巨大的半圓形彩色玻璃遮篷。他們踮起腳尖，透過玻璃門上人群和灌木叢的投影，辨認出有個身穿制服的什麼人，門房或者是警察，正站在兩組玻璃門中間的陰影，檢查每位訪客的證件。他們周遭所有人都從口袋或是皮包裡掏出一種亮黃色的卡片。這顯然是病房的探視時間，因為這些等待的人裡面沒有一個人看起來是有病的。這一大幫人慢慢地離玻璃門越來越近。一個木架上擺著一張告示牌，牌子上以優雅的字體寫了很長、很複雜的一句什麼話，裡面有個像「安全」的詞被強調了兩次。柯林和瑪麗實在太累，沒能及時從隊伍裡退出，等到穿過門口站在穿制服的警衛面前時，也懶得解釋他們跑到這裡來是想買點食物和飲料。兩人再次從車道上下來，對他們表示同情的人群紛紛給予一些常規的建議；看來周邊是有幾家咖啡館，可沒有一家在醫院旁邊。瑪麗說她只想找個地方坐下來大哭一場，正當他們四處尋找這個合適地點之際，聽到一聲喊叫和船用引擎倒檔時發出的沉悶轟響；又一艘水上巴士正在碼頭上繫泊。

要回他們住的旅館，就得經過全世界最著名的旅遊景點之一，一個巨大的楔形廣場，三面環以帶有典雅拱廊的建築，開口端矗立著一座紅磚鐘樓，鐘樓後方是舉世聞名的大教堂，白色圓頂、光彩奪目的立面，名副其實地體現了無數個世紀以來，人類文明的輝煌載體。沿著楔形廣場的兩條長邊，密密麻麻地排列著好幾排椅子和圓桌，它們是幾家歷史悠久老咖啡館的露天咖啡座，相隔著廣場的鋪路石，彷彿兩支對峙的軍隊。還有好幾支相互毗鄰的樂隊，成員和指揮全都身著晚禮服，不顧早上的暑熱，同時演奏著軍樂和浪漫音樂，演奏著華爾滋舞曲、以及帶有雷鳴般響亮的高潮橋段、廣受歡迎的歌劇選段。到處都有鴿子在側飛、在昂首闊步和隨地排泄，每一家咖啡館的樂隊，在離他們最近的幾個顧客稀疏而熱誠的鼓掌後，都會或長或短地稍停片刻。遊客川流不息地湧過陽光明媚的廣場開闊地段，或者呼朋喚友地停下腳步，融進精美的柱廊底下那黑白分明的光影拼圖中。約莫三分之二的成年男性都帶著相機。

柯林和瑪麗一路步履艱難地從船上走過來，在穿過廣場前先在鐘樓逐漸縮小的陰影下停住腳步。瑪麗一連好幾個深呼吸，在一片喧囂之上意味著他們在這兒終於可以找到水喝了。他們倆緊靠在一起，沿著廣場的邊緣一路找過去，可是沒有空桌子，就連跟人家拼桌的空位都沒有，大部分來回穿越廣場的人流看來也都是在找地方坐下，那些離開廣場進入迷宮般街道的遊客，也是在無可奈何之下氣呼呼地走的。

終於，在一對揮舞帳單、在座位上扭動身體的老夫婦旁邊乾等幾分鐘以後，他們終於能夠坐下來了，這才發現，他們的桌子明顯是在服務生服務區域的一個偏遠角落，另外還有一大幫伸長脖子、彈著根本聽不見的響指呼喚服務生的顧客，會比他們先得到注意。瑪麗瞇起充血的眼睛，已經開始腫起來的乾裂嘴唇嘟囔了句什麼；當柯林開玩笑地舉起面前的小咖啡杯將殘渣獻給她時，她把臉深埋在兩手中間。

柯林快步繞過桌子朝拱廊走去。吧臺入口處最陰涼的區塊，聚著一幫百無聊賴的服務生，可他們把他給噓了出來。「沒有水！」其中有一個說，指了指陰暗的拱廊框出來的那片滿滿的結帳人海。柯林回到他們的桌子邊，握住瑪麗的手。他們的位置距兩個樂隊差不多遠近，雖說音樂的聲音並不太響，兩種音樂的交疊所造成的不和諧以及錯亂節奏，還是讓人無所適從。「我看他們會給我們上點東西的。」柯林很沒把握地說。

他們倆把手放開，往椅背上一靠。柯林追隨瑪麗目光看向附近的一家人，小小的嬰兒由父親托著腰站在桌子上，在菸灰缸和空杯子之間蹣跚走動。小孩戴著一頂白色遮陽帽，身穿綠白條紋的水手服，圓鼓鼓的褲子飾有粉色蕾絲和白色緞帶，腳蹬黃色短襪和猩紅色皮鞋。奶嘴那淡藍色的橡皮環緊緊地貼在嘴上，遮住了嘴巴的形狀，使嬰兒有一種滑稽而訝異的表情。嘴角一道發亮的口水，慢慢在下巴上面深深的小窩裡聚集起來，然後溢出，留下一道明亮的痕跡。嬰兒的小手一握一伸，腦袋古怪地搖晃著，兩條軟弱的小胖腿被又大又重、毫不知羞的尿布笨拙地分開。一雙狂野的眼睛又圓又純，目光灼灼地掃過陽光朗照的廣場，看似又驚又怒地定格在大教堂圓頂的輪廓線上。曾有人這樣描述過，說那拱形的頂端，彷彿在狂喜中碎裂成的大理石泡沫，並將自己遠遠地拋向碧藍的蒼穹，電光石火、天女散花般噴射而出又凝固成形，彷彿滔天巨浪瞬間被冰封雪蓋，永不再落下。那嬰兒發出一個含混粗嗄的母音聲響，兩隻小胳膊抽搐地指向大教堂的方向。

柯林在一個服務生端著一整盤的空瓶朝他們轉過身來時，試探性地舉起手來；他的手還沒舉到一半，那人就從他們身邊走過去了。旁邊那一家人準備要離開，那個嬰兒被傳遞了一圈，最後母親把他接過去，用手背擦了擦孩子的嘴，小心地把他背朝下放進一輛鍍銀裝飾的嬰兒車裡，經過一番激烈的掙扎，把孩子的手臂和前胸套進一套有很多鈕釦的皮質扣帶中。嬰兒被推走時仰面躺著，眼睛狂怒地緊盯著天空。

「我在想，」看著嬰兒遠去，瑪麗說，「孩子們不知道怎麼樣了。」瑪麗的兩個孩子跟他們的父親在一起，這位父親住在一個鄉村公社裡。他們來到這裡的頭一天，就寫好三張明信片準備寄給他們，然而直到現在仍躺在他們旅館房間的床頭櫃上，還沒貼上郵票。

「正在想念他們的足球、香腸、漫畫書和碳酸飲料，不過其他方面應該都還好吧，我猜。」柯林道。有兩個男人手牽著手在找個可以坐的地方，靠著他們的桌子站了一會兒。

「所有那些高山和空曠地帶，」瑪麗說，「你知道，這地方有時候真是要把你給憋死了。」她瞥了一眼柯林。「真夠壓抑的。」

他握住她的手。「我們應該把那幾張明信片寄出去。」

瑪麗把手抽回去，四下打量幾百英尺範圍內那些無窮無盡的拱廊和柱子。

柯林也同樣打量四周一番。根本看不到服務生的影子，而每個人面前的杯子似乎都是滿的。

「這兒真像個監獄！」瑪麗說。

柯林把手臂一抱，眼睛定定地看了她很久。到這兒來是他的主意。最後他說：「我們的機票錢已經付了，航班要十天以後才起飛。」

「我們可以搭火車。」

柯林的目光越過了瑪麗的頭。

那兩支樂隊同時停止演奏，樂師們正朝著拱廊走去，前往他們各自所屬的咖啡館吧臺；沒有了他們的音樂，廣場顯得更加開闊，只聽到遊客的腳步聲響：時髦皮鞋的尖銳踢踏聲，便鞋、涼鞋的拍擊聲；還有各種人聲：敬畏的低語、孩子們的喊叫、父母的喝止。瑪麗抱起手臂，把頭垂了下來。

柯林站起身來朝一個服務生揮舞著兩條手臂，那人點了下頭，開始朝他們這邊走過來，一路上還收了幾張帳單、幾個空杯。「我簡直難以置信！」柯林歡欣鼓舞地叫道。

「我們應該把他們也帶來的。」瑪麗對著自己的膝蓋說。

柯林還沒坐下。「他真的過來了！」他坐下來，用力拉住她的手腕。「你想要點什麼？」

「我們把他們撇下不管真是卑鄙。」

「我覺得我們夠體諒他們了。」

服務生，一個看起來派頭十足的大塊頭男人，蓄著濃密、灰白的鬍子，戴著金絲邊眼鏡，突然出現在他們桌前，朝他們俯下身來，眉頭微微聳起。

「你想要什麼，瑪麗？」柯林急切地輕聲道。

瑪麗交叉著雙手放在膝上說：「一杯水，不加冰。」

「好的，兩杯這樣的水，」柯林急迫地說，「還要……」

服務生直起身來，鼻孔裡噴出一絲冷氣。「水？」他冷淡地道。他的目光把他們倆來回掃了一遍，打量著他們衣衫不整、頭髮凌亂的狀況。他退後一步，朝著廣場的一角點了下頭。「那裡有個水龍頭。」

他就要舉步離開了，柯林在椅子裡轉了一圈，抓住了他的袖口。「別走，服務生，」他請求道，「我們還想要點咖啡和……」

服務生把手臂抽了回來。「咖啡！」他重複道，他的鼻孔嘲弄地猛然張開。「兩杯咖啡？」

「是，是的！」

那人搖了搖頭，轉身走掉。

柯林癱坐在椅子上，閉上眼睛慢慢地搖著頭；瑪麗掙扎著想把身子坐直。她輕輕地在桌子底下踢著他的腳。「算了吧。十分鐘後我們就走回旅館。」柯林點點頭，可是沒有睜眼。「我們可以沖個澡，坐在我們的陽臺上，想要什麼都可以叫他們送上來。」眼看著柯林的下巴都快垂到胸口，瑪麗就更來勁了。「我們可以上床。嗯，乾乾淨淨的白被單。我們把百葉窗都關上。還有什麼更好的主意？我們可以……」

「好吧，」柯林沮喪地說，「我們這就回旅館去。」可他們倆誰都沒動彈。

瑪麗噘了噘嘴，然後說：「他也可能把咖啡給我們端來吧。搖頭在這地方可以表示很多意思呢。」

晨間的暑熱大幅增強，人群也稀少很多；現在有夠多的空桌子，那些仍在廣場上行走的，要嘛是極端熱忱的觀光客，要嘛就是真有事情要辦的本地市民，所有分散開來的人形，都被空下來的大塊空間反襯成矮個子，在扭曲變形的空氣中發著微光。樂隊在廣場對面再度集結起來，演奏起一首維也納華爾滋；在柯林和瑪麗這邊，樂隊指揮正迅速翻閱一本總譜，樂師們各就各位，將架子上的樂譜安放妥當。兩個人相互間太過瞭解的結果之一，就是瑪麗和柯林經常發現他們倆會不約而同地關注起同一件事：這次，他們盯上的是兩百英尺以外一個背對他們的男人。他的白色西裝在強烈的陽光底下非常顯眼；他停下來傾聽那支華爾滋舞曲。他一手拿著相機，另一手夾著香菸。他懶洋洋地用一隻腳支撐全身的重量，腦袋隨著簡單的節奏動來動去。他突然轉過身來，像是聽厭似的，因為曲子還沒奏完，便緩步朝他們的方向走來，一邊把香菸扔掉，看都沒看地碾了一腳。他從胸袋裡取出一副太陽眼鏡，絲毫沒有擾亂步幅，戴上之前用一塊白手帕大致擦了擦眼鏡；他的每個動作看起來都是如此高效率而經濟，簡直像是精心設計好了的。雖然他戴了太陽眼鏡，穿著剪裁精緻的西裝，繫上淺灰色的絲質領帶，他們還是馬上就認出他，眼看他朝他們越走越近，像被施了催眠術。沒有跡象表明他是否也看到了他們，不過他現在確實是筆直朝他們的桌子走來。

柯林呻吟了一聲。「我們早該回旅館去的。」

「我們應該把臉背過去。」瑪麗道。可他們倆繼續看著他越走越近，受到一種身在異國城市認出某個人來的新奇感驅使，也受到看見人家卻沒被發現的魅惑力所驅動。

「他已經走過去了，」柯林悄聲道，但是，就像是受到了提示似的，羅伯特停下了腳步，摘下太陽眼鏡，把手臂整個兒張開叫道：「我的朋友！」朝他們飛快地走上來。「我的朋友！」他握住柯林的手，將瑪麗的手舉到唇邊親吻。

他們倆坐回到椅子上，虛弱地朝他微笑。他已經找到一把椅子，在他們中間坐下來，笑得嘴都合不攏，彷彿他們分離了好幾年，而非好幾個鐘頭。他在椅子上懶散地舒展四肢，把一隻腳的腳踝架在另一條腿的膝蓋上，展現出淺奶油色的軟靴。他的古龍水淡香，跟前夜的香水截然不同，在桌邊瀰散開來。瑪麗又開始抓她的腿。當他們解釋說他們還沒回過旅館，在大街上睡了一覺時，羅伯特驚恐地歎息不已，坐直了身子。廣場對面，第一首華爾滋舞曲在不知不覺間，跟第二首曲子摻和在一起；不遠處，第二支樂隊開始演奏一首節奏激昂的探戈舞曲，〈海南度探戈〉[3]。

「都是我的錯，」羅伯特叫道，「我把你們耽擱得太晚了，用我的紅酒還有

3〈海南度探戈〉（Hernando's Hideaway），百老匯音樂劇《睡衣遊戲》（*The Pajama Game*,1955）中的探戈舞曲，由理查德·阿德勒（Richard Adler）和傑里·羅斯（Jerry Ross）所創作。

那些愚蠢的故事。」

「別再抓了。」柯林對瑪麗說；對羅伯特則說：「哪裡哪裡。我們應該帶地圖的。」

可是羅伯特已經站了起來，一隻手放在柯林的前臂上，另一隻手去握瑪麗的手。「是的，責任確實在我。我該為這一切設法彌補一下；請務必接受我的好意。」

「噢，這可不行，」柯林含混地道，「我們該回旅館了。」

「你們都累成這樣了，旅館可算不上什麼好地方。我會讓你們感覺舒適至極的，你們會忘掉那個可怕的夜晚。」羅伯特把他的椅子推到桌子底下，好讓瑪麗經過。

柯林拉住她的裙子。「等一下，我們……」簡短的探戈舞曲突然奏出最後的樂句，通過巧妙轉調，變成了一首羅西尼的序曲；對面的華爾滋也轉為一首加洛佩德舞曲[4]。柯林站了起來，皺著眉頭努力想集中起精神。「等一……」

但羅伯特正拉著瑪麗的手穿過桌子間的空隙。瑪麗的動作看起來活像是夢遊人緩慢的機械動作。羅伯特轉過身來，不耐煩地喊柯林。「我們叫輛計程

4 加洛佩德舞曲（gallop），一種兩拍子的快速輪舞。

車。」

他們經過樂隊，經過鐘樓，鐘樓的影子如今已經縮小到僅餘一點殘影，來到繁忙的碼頭，熙熙攘攘的潟湖集中區，那裡的船長立刻就認出羅伯特，拚了命地爭相要他惠顧。

5

透過半開的百葉窗，正在西沉的太陽將一組菱形的橘黃色條紋投射到臥室的牆上。應該是縷縷薄雲的移動，使光紋黯淡、模糊下去，爾後再度明亮、清晰起來。瑪麗在清醒之前已經盯著它們看了整整半分鐘。房間的天花板很高，白牆，非常整潔；在她跟柯林的床間放了張看起來很脆弱的竹製小桌，桌上是一個粗陶的水壺和兩隻玻璃杯；一個飾有雕刻的五斗櫃靠在旁邊的牆上，櫃子上擺了一只陶質花瓶，瓶裡出人意外地插了一小枝緞英[5]。乾燥的銀色葉子在透過窗戶吹進房間的溫暖氣流中微微顫動，瑟瑟有聲。地板看來是由一整塊間雜棕綠色大理石鋪就的。瑪麗毫不費力地坐起身，赤腳踩在地板冰涼的表面上。一扇裝有百葉窗的門半開著，通往一個白色瓷磚鋪砌的浴室。另一扇門，

---

5 緞英（honesty），一種歐洲植物（一年生緞花屬，一年生緞花），栽培價值在於其紫色芳香的花和扁圓的、銀白色的紙質莢果。

他們進來的那道門，關著，黃銅鉤子上掛了件白色晨袍。瑪麗為自己倒了一杯水，睡著之前她已經喝了好幾杯；這次她只是小口地喝著，不再大口吞嚥，她把身子坐得筆直，將脊椎拉到極限，看著柯林。

他跟她一樣全身赤裸，躺在被單上頭，腰部以下俯臥著，腰部以上則略帶笨拙地朝她扭過來。他的手臂像胎兒般交叉放在前胸；兩條瘦長光滑的大腿略微分開，兩隻小得反常，就像孩子般的腳朝內彎著：他脊椎上那些纖細的骨節一路下來，在腰背部隱入一道深深的凹槽，順沿這一線條，長著一種纖細的茸毛。在百葉窗透進來的弱光映襯下看得格外清楚，柯林的窄腰上有圈小小的凹痕，像牙印，印在光滑的雪白肌膚上，那是短褲的鬆緊帶勒的。他的兩瓣屁股小而緊實，像是小孩子。瑪麗俯下身來想愛撫他，又改變了主意。反而把水杯放在小桌上，湊得更近些審視他的臉，就像審視一張雕像的臉。

他臉龐的構造真是精緻優美，而且具有一種無視慣常比例的獨創和精巧。耳朵——只看得到一個——很大而且略微突出；皮膚如此蒼白細膩，幾近半透明，耳朵裡的皺褶也比普通人多出數倍，形成不可思議的螺旋；耳垂太長，鼓起來，又細下去，好比淚滴。柯林的眉毛像兩條鉛筆畫的粗線條，在鼻樑處逐漸彎曲而下，幾乎要連接為一個點。他的眼眶極深，眼睛在睜開時是黑色的，現在閉著，但見一圈灰色、穗狀花序般的長睫毛。在睡夢中，慣於弄皺眉毛的困惑蹙額，就連他歡笑時都難得分開，此時舒展了開來，只留下一個幾乎看不見的浮水印。他的鼻子也像耳朵一樣，很長，可是側面看來卻並不突出；相反的，竟平板地沿著臉形延伸下來，在鼻翼處深刻進去，如同兩個逗號，是兩個極小的鼻孔。柯林的嘴挺直又堅實，微微張開，隱約看到一點牙齒。他的頭髮纖細得很不自然，像是嬰兒般，純然黑色，捲捲地披散在他纖瘦、女性般的脖子上。

瑪麗來到窗前，把百葉窗整扇打開。房間正對著西沉的太陽，看起來有四五層樓高，高於周圍大部分的建築。在強烈日光直射眼睛的情況下，她很難看清楚底下街道的樣子，無法由此估計他們的所在位置在旅館的什麼方位。腳步聲、電視裡的音樂聲、餐具與碗盤的磕碰聲、狗吠與無數其他的聲音混雜在一起，從街道直衝而上，彷彿出自一個大型交響樂團和合唱隊。她輕輕地將百葉窗拉上，牆面又重現出那段光紋。受到房間內巨大的空間以及那整塊閃亮的大理石地面的吸引，瑪麗開始做起她的瑜伽。臀部著地感受到的冰涼讓她喘了口大氣，她端坐地上，兩條腿向前伸展，脊背挺直。她慢慢朝前俯身，長長地呼氣，用兩隻手搆住並牢牢抓住腳心，上身沿兩條腿的方向趴下，直到把頭抵在小腿上。她保持這個姿勢幾分鐘時間，閉上眼睛，深呼吸。等她直起身來，柯林已經坐了起來。

他還沒完全清醒，從她的空床看到牆上的光影，又轉到地板上的瑪麗。

「我們這是在哪兒？」

瑪麗仰面躺下。「我也不太清楚。」

「羅伯特在哪兒？」

「我不知道。」她把兩腿舉過頭頂，直到腳尖碰到身後的地板。

柯林站起來，幾乎立刻又坐了回去。「那麼，幾點了？」

瑪麗的聲音低低粗粗的。「傍晚了。」

「你的癢好些了嗎？」

「好了，謝謝。」

柯林再度站起來，這次小心翼翼地，四顧打量了一下。他抱起手臂。「我們的衣服哪兒去了？」

瑪麗說：「我不知道。」說著繼續把兩條腿向上舉，形成肩倒立。

柯林有些腳步不穩地走到浴室門前，探頭進去看了看。「不在這裡。」他把插著緞英的花瓶舉起來，把衣櫥的頂蓋揭開。「也不在這裡。」

「是啊。」瑪麗道。

他又坐回到床上，看著她。「你不覺得我們該找找嗎？你不擔心？」

「我覺得挺好的。」瑪麗道。

柯林歎了口氣。「好吧，我來看看到底是怎麼回事。」

瑪麗把腿放低一點，朝著天花板說：「門上掛著件晨袍。」她把四肢儘量舒適地在地板上擺好，手掌向上，閉起眼睛，用鼻子進行深呼吸。

幾分鐘後她聽見柯林的聲音試探性地叫道：「我可不能穿這個。」因為他人在浴室裡，嗓音聽來像是瓶子裡傳出的。她睜開眼睛，見他從裡面走了出來。「當然可以！」瑪麗看著他走過來，覺得奇怪地說。「你看起來多可愛。」她把他的鬈髮從帶飾邊的領口拂開，摸著他衣料下面的身體。「你看起來就像神一樣。我想我一定得把你帶到床上去了。」她拉著他的手臂，但被柯林給推開了。

「這根本就不是件晨袍，」他說。「是件女式睡衣。」他指著胸口位置刺繡的一簇鮮花。

瑪麗退後一步。「你不知道穿上這個你看起來有多棒。」

柯林開始把那件女式睡衣往下脫。「我可不能穿成這副樣子，」他在衣服裡面說，「在一個陌生人的家裡晃蕩。」

「在勃起的時候確實不行。」瑪麗說著又回頭練她的瑜伽。她雙腳並立站好，兩手靠在兩側，俯下身用手去搆她的大腳趾，然後進一步將身體對折，直到將手和手腕平攤著壓在地板上。

柯林站著看了她一會兒，那件女式睡衣搭在他手臂上。「很高興你一點都不癢了。」他過了一會兒說，瑪麗咕噥了一聲。等她再度直起身來以後，他走到她面前。「你得穿上這玩意兒，」他說，「去看看到底是怎麼回事。」

瑪麗騰空一躍，落地時兩腳大大地分開。她把身體朝一側拉伸，直到能用左手抓住左腳踝。她的右手懸在空中，她沿著右手指著的方向望著天花板。柯林把睡衣扔在地板上，又躺回到床上去了。十五分鐘以後，瑪麗才把睡衣撿起來穿上，在浴室的鏡子前整理了一下頭髮，朝柯林嘲弄地一笑，離開房間。

她小心、緩慢地穿過一條陳列著傳家寶的長走廊，簡直就是個家庭博物館，每一寸空間都被用來陳列展示品，所有的展品都富麗堂皇，風格繁複得讓人喘不過氣來，全是沒有用過的、滿懷鍾愛精心呵護之下，以深色桃花心木製作的各種物件，全數皆已雕了花、上了光，八字腳外翻地站立著，但凡可以的都加上天鵝絨襯墊。兩座落地式大擺鐘擺在她左手邊的一個壁龕裡，像兩個哨兵，並排滴滴答答地走動。就連那些比較小型的物件，比如玻璃罩裡剝製的鳥類標本、各色花瓶、水果盞、燈座，各種無以名狀的黃銅和雕花玻璃物品，也全顯得沉重得搬不動，由時間的重量和失落的歷史牢牢地壓在各自的位置。西牆上有一連三面窗戶，投射出同樣的橘紅色光紋，正在漸入黯淡，不過這裡的設計意圖，被幾塊陳舊的、擺成一組圖案的地毯給破壞了。陳列室正中央擺著一張巨大的拋光餐桌，周遭擺放配套的高背椅。桌上是臺電話機、便箋和一支鉛筆。牆上掛了不下十幾幅油畫，大部分是肖像，也有幾幅泛黃的風景畫。所有的肖像一律黑沉沉：顏色黯淡的服裝，混濁不明的背景，在此映襯之下的臉龐宛如月亮一樣閃著微光。有兩幅風景，畫的都是葉子掉光的禿樹，幾乎快看不太清楚，伸展在黑壓壓的湖面上，岸邊是舉著雙臂跳舞的模糊人影。

陳列室盡頭有兩扇門，他們通過其中一扇進來；兩扇門全都小得不成比例，沒有彩繪鑲嵌，漆成白色，給人的感覺像是大廈分隔的小套房。瑪麗在一口餐具櫃前停下了腳步，餐具櫃靠牆立在兩扇窗戶當中，彷彿是隻表面明亮的大怪物，每個抽屜都裝有黃銅的球形把手，還做成女人頭的樣子。她試的幾個抽屜全都鎖著。櫃子上方精心陳列著整套非常講究的個人用具：一整盤男用髮梳和衣刷，刷背是銀質的，一只彩繪斑斕的剃鬚用瓷碗，幾把鋒利無比、能割斷咽喉的剃刀擺成一個扇形，烏木架上擺了一排煙斗、一根短馬鞭、一把蒼蠅拍、一個金質的火絨匣、一只鍊錶。這些陳設背後的牆上掛有運動照片，大部分是賽馬，馬匹四蹄翻飛，騎手戴著大禮帽。

瑪麗把整間陳列室逛了一遍——比較大的物件她會環繞一周，停下來朝一面鍍金框的鏡子裡細看——這才意識到這些展示品最突出的特色。東面牆上有扇玻璃拉門，通往一個長長的陽臺。從她站立的位置望去，由於有幾盞吊燈照明，很難看透外面半明半暗的景色，不過仍可以看出有很多開花的植物，還有藤蔓植物和盆栽小樹。瑪麗屏住了呼吸，一張蒼白的小臉正從陰影中凝視著她，一張脫離軀殼的臉，夜晚的天空和屋內的擺設反射在玻璃上的倒映，使她看不見衣服或頭髮。那張臉繼續注視著她，眼睛眨也不眨，一張完美的橢圓臉龐；接著那張臉後退，斜斜地隱入陰影當中，消失不見。瑪麗長吸了一口氣。玻璃門打開時，房間的映射抖動了一下。一個年輕女人，頭髮全都樸素地挽在後方，略帶僵硬地走進房間，朝她伸出手來。「到外面來吧，」她說，「會更加宜人些。」

幾顆星星已從瘀傷般淡青色的天空中突圍，不過仍舊能夠輕易地辨認出大海、泊船的柱子，甚至是公墓小島的黑色輪廓。陽臺正下方，四十英尺之下，是一個廢棄的庭院。密集的盆栽鮮花散發出刺鼻的濃香，濃到幾乎令人作嘔。那女人在一把帆布椅子上落座，同時痛苦地輕輕喘息了一聲。

「是很美，」她說，彷彿瑪麗已經開過口，「我盡可能多待在外面這個陽臺上。」瑪麗點了點頭。陽臺足足有半個房間那麼長。「我叫卡洛琳。羅伯特的妻子。」

瑪麗跟她握了握手，並自我介紹，坐在面對她的一把椅子上。兩人中間有張白色小桌，桌上有一塊餅乾盛在盤子裡。覆蓋了牆面的常春藤正在開花，藤後面有隻蟋蟀在唱歌。卡洛琳再一次注視瑪麗，好似她自己處於隱身狀態一樣；她的眼睛穩穩地從瑪麗的頭髮看到她的眼睛，再到她的嘴，繼續朝下看到桌子擋住了她視線處。

「這是你的？」瑪麗指著身上那件睡衣的袖口說。

這個問題像是將卡洛琳從白日夢中喚醒。她在椅子上坐直身體，交叉起雙手放在腿上，然後又把腿架起來，彷彿特意擺出一個經過考慮的姿態來交談。她說話的時候，語氣有些勉強，音調也比剛才有些高。「是的，是我坐在這裡自己做的。我喜歡刺繡。」

瑪麗恭維了一番她的巧工，接下來的一陣沉默中，卡洛琳顯得拚命想找點話題講。她緊張地一瞥，意識到瑪麗看向那塊餅乾一眼，就立刻把盤子端給她。「請把它吃了吧。」

「多謝。」瑪麗儘量想把餅乾細嚼慢嚥。

卡洛琳不安地看著。「你肯定餓了。想吃點東西嗎？」

「好呀，多謝你。」

卡洛琳卻並沒有馬上行動，反而說：「我很抱歉羅伯特現在不在。他請我代為致歉。他去他的酒吧了。當然是公事。今天晚上有個新經理開始當班。」

瑪麗從空盤子上抬起眼睛。「他的酒吧？」

卡洛琳很艱難地準備站起來，講話時明顯很痛苦，朝著想幫她一把的瑪麗搖搖頭。「他開了個酒吧。算是種業餘愛好吧，我猜。就是他帶你們去的那個地方。」

「他從沒提到那酒吧是他的。」瑪麗說。

卡洛琳拿起空盤子，走向拉門。走到門口時她得全身都轉過來，看著瑪麗。她就事論事地說：「你對這個酒吧知道得比我多，我從沒去過那裡。」

十五分鐘後，她端著一個堆滿三明治的柳條籃子，還有兩杯柳橙汁回來。她慢慢地走到陽臺上，讓瑪麗從她手上接過托盤。卡洛琳小心翼翼地坐在椅子上，瑪麗還站在當地。

「你脊背受傷了？」

卡洛琳卻只是愉快地說：「吃吧，也幫你的朋友留幾個。」然後她又迅速地加了一句：「你喜歡你的朋友嗎？」

「你是說柯林吧。」瑪麗道。

卡洛琳講話的時候非常小心，她的臉繃緊著，彷彿隨時等待一聲爆炸的巨響。「希望你不會介意。我應該向你坦白，為了公平起見。你看，你們睡覺的時候我進去看過你們。我在那個箱子上坐了半個小時。希望你不要生氣。」

瑪麗一邊狼吞虎嚥，一邊半信半疑地說：「不會。」

卡洛琳突然之間似乎年輕了許多，她像個尷尬的少女般擺弄著手指。「我想還是跟你坦白的好。我不想讓你覺得我是在暗中窺探你們。你不會那麼想吧，對不對？」

瑪麗搖了搖頭。卡洛琳的聲音幾乎跟耳語聲相差無幾。「柯林非常美麗。羅伯特跟我說起過的。你當然也是。」

瑪麗繼續吃她的三明治，一個接著一個，她目光集中在卡洛琳的雙手上。

卡洛琳清了清嗓子。「我想你會認為我簡直瘋了，而且還很粗魯。你們兩個相愛嗎？」

瑪麗已經把三明治吃掉一半，又多吃了一兩個。「嗯，是的，我的確愛他，不過和你所謂的『相愛』也許有不同的意思吧。」她抬頭看她。但卡洛琳還在等她繼續往下說。「我不再迷戀他的身體了，如果你是這個意思的話，不像當初我剛認識他的時候。不過我信任他。他是我最親密的朋友。」

卡洛琳興奮地講起話來，更像個小孩，連少女都算不上了。「我說的『相愛』，意思是你會為對方做任何事，而且……」她猶豫了一下。她的眼睛變得格外地明亮。「而且你也會讓他們對你做任何事。」

瑪麗在椅子上放鬆下來，兩隻手捧著空玻璃杯。「任何事可有點誇張了。」

卡洛琳話語中帶著挑釁。兩隻小手緊緊地握在一起。「你要是真愛上了什麼人，你甚至會甘心讓他殺死你，如果必要的話。」

瑪麗又拿起一個三明治。「必要？」

卡洛琳都沒聽見她的話。「這就是我所謂的『相愛』。」她志得意滿地說。

瑪麗把三明治推到一邊，表示不能再吃了。「如此說來，你也要做好準備把你『愛』的那個人給殺了？」

「哦沒錯，如果我是那個男人，就會這麼做。」

「那個男人？」瑪麗覺得奇怪地說。

可是卡洛琳戲劇化地舉起她的食指，還伸長了脖子。「我聽到有動靜。」她悄聲道，開始掙扎著要起來。

門猶猶豫豫地被拉開了，柯林頗為小心地走到陽臺上來，一隻手抓著圍在腰際的一塊很小的白色毛巾。

「這位是卡洛琳，羅伯特的妻子，」瑪麗說，「這是柯林。」

兩人握手的時候，卡洛琳就像剛才打量瑪麗一樣，眼睛眨也不眨地注視著柯林；柯林則盯著籃子裡剩下的三明治。「拿張椅子過來。」卡洛琳說，指著陽臺那邊一把折疊式帆布椅。柯林背朝大海在她們倆中間坐下，一隻手仍放在腰際，以防毛巾滑落。他在卡洛琳的密切注視之下吃起三明治。瑪麗把椅子往旁邊挪了挪，為的是能看到天空。有那麼一刻誰都沒作聲。柯林把柳橙汁喝完以後，想捕捉住瑪麗的目光。卡洛琳再度陷入扭捏的狀態，一心想找個話題，就問柯林是否喜歡這個城市。「是的，」他答道，對著瑪麗微微一笑，「只不過我們總是不斷地迷路。」

接著又是一段短暫的沉默。卡洛琳突然驚叫一聲，把他們嚇了一跳：「當然了！你們的衣服。我都忘了。我洗好而且晾乾了。就在你們的浴室裡那個上了鎖的小櫃子裡。」

瑪麗仍舊望著夜空中越來越多的星星。「你真是太體貼了。」

卡洛琳朝著柯林微笑著。「你知道，我以為你會是個很文靜的人呢。」

柯林一心想把罩住腰部的毛巾重新整理一下。「你以前聽說過我？」

「我們睡覺的時候卡洛琳進去看了我們一會兒。」瑪麗解釋道，她小心地讓自己的語調保持平靜超然。

「你是美國人？」柯林禮貌地詢問。

「是加拿大人，拜託。」

柯林迅速地點了點頭，彷彿這其間的差別顯而易見。

卡洛琳壓下一聲短笑，拿起一把小鑰匙。「羅伯特一心希望你們留下來跟我們共進晚餐。他告訴我如果你們不賞光的話就不把衣服給你們。」柯林禮貌地一笑，瑪麗盯著卡洛琳在拇指和食指間搖晃著的鑰匙。「我倒是真餓了。」柯林說，看著瑪麗。瑪麗則對卡洛琳說：「我更想先拿回我的衣服，然後再做決定。」

「我也是這麼想，但羅伯特堅持要這麼做。」她突然間嚴肅起來，俯下身，把手放在瑪麗的手臂上。「拜託賞光留下來吧。客人對於我們來說實在是太稀罕了。」她在懇求他們，目光在柯林和瑪麗的臉之間打轉。「你們要是肯賞光，我會高興極了。我們吃得很豐盛的，我向你們保證。」然後她又加了一句：「你們要是不肯賞光，羅伯特會責怪我的。求你們留下來吧。」

「算了，瑪麗。」柯林道，「我們就留下吧。」

「求你了！」卡洛琳的語氣中帶了一絲兇狠。瑪麗一驚之下抬起眼睛，兩個女人隔著那張桌子對望著。瑪麗點了點頭，卡洛琳高興又如釋重負地大叫一聲，把鑰匙扔給了她。

6

銀河中最遙遠的星群清晰可見，且不像散落的纖塵，而是像明確的光點，使得那些亮度更大的星系看起來令人不安地貼近。夜黑得如此切實，彷彿觸手可及，溫暖而又甜膩。瑪麗雙手緊抱在腦後，凝望著天空，卡洛琳則熱切地將身體前傾，凝視的目光驕傲地不斷在瑪麗的臉龐和夜晚的蒼穹間輪轉，好像她對夜空的莊嚴和宏偉負有個人責任一般。「我在這裡總是待不膩。」她似乎是想要贏得讚譽，瑪麗卻連眼睛都不眨一下。

柯林從桌上拿起鑰匙，站起身來。「我要是能穿得比這更多一些，」他說，「感覺會更好一點。」他在已經露出大腿的部位把毛巾又往下拉了拉。

他走了以後，卡洛琳說：「男人感覺害羞的時候，是多麼可愛啊！」

瑪麗卻感慨起星群的明淨清晰，感慨身在城市能夠看到夜空是何等的稀罕。她的語氣顯得深思熟慮又平靜超然。

卡洛琳一動不動地端坐著，像是一直要等到閒談的嫋嫋餘音完全消逝之後才又開口說：「你認識柯林多久了？」

「七年。」瑪麗說，並沒有朝卡洛琳轉過身來，在迅速解釋她兩個孩子的性別、年齡和名字後，繼續描述她的一雙兒女都多麼迷戀星星，他們如何能夠叫出十幾個星系的名字，而她卻只認得一個，就是獵戶星座，他那龐大的形體正橫跨在她們面前的夜空中，他鞘內的寶劍如同他遙遠的四肢一樣明亮異常。

卡洛琳約略掃視了那塊天空，把手放在瑪麗的手腕上，說：「你們倆可真是一對璧人，如果你不介意我這麼說的話。兩個人體型都這麼漂亮，簡直像是對雙胞胎。羅伯特說你們倆沒有結婚。那你們住在一起嗎？」

瑪麗把手臂抱起來，最後還是轉向了卡洛琳。「不，不住一起。」

卡洛琳把手撤回來，又開始注視著那隻手擱在膝上的位置，彷彿它不再是她自己的。她那張小臉，在周遭的黑暗以及全部攏在腦後的髮式襯托下，簡直是個完美的幾何學橢圓，正因其整齊和勻整而顯得毫無特徵，如此清白無辜，也絲毫看不出年齡。她的眼睛、鼻子、嘴巴、皮膚，所有的一切，似乎都是由某個委員會特意設計的，為只須滿足最起碼的功能性要求。比如說她的嘴，絲毫不會超越這個詞語本身的設定，就是她鼻子底下一道可以移動、長著嘴唇的切口。她把目光從膝上抬起，發現自己正盯進瑪麗的眼睛；她讓她的目光馬上又落到兩人之間的地面上，像先前那樣繼續她的發問。「你做什麼呢，我指的是謀生的職業。」

「我曾在戲劇界工作。」

「演員！」這個想法使卡洛琳激動起來。她笨拙地在椅子裡彎著腰，彷彿不論是讓後背保持直立還是放鬆，都讓她覺得疼痛。

瑪麗搖了搖頭。「我是為一個女性戲劇團體工作。有三年的時間，我們做得相當不錯，可是現在已經散夥了。有太多的紛爭。」

卡洛琳皺起了眉頭。「女性的劇團……？只有女演員？」

「我們當中也有人想把男人引進來，至少曾經這麼做。其他成員卻想維持它的原樣，它的純粹性。這正是最終導致我們散夥的分歧所在。」

「只有女人演出的戲？我不能理解這怎麼行。我是說，這怎麼可能發生呢？」

瑪麗笑了。「發生？」她重複道，「發生？」

卡洛琳在等著她解釋。瑪麗壓低聲音，說話時用一隻手半遮住嘴巴，彷彿是在掩飾一抹笑意。「哦，你也可以演這麼齣戲，表現兩個剛剛認識的女人坐在一個陽臺上聊天啊。」

卡洛琳眼睛一亮。「哦，沒錯。不過她們也許是在等一個男人吧。」她瞥了一眼手錶。「等他到了，她們也就不再聊天，要進屋去了。有些事兒就要發生了……」卡洛琳突然吃吃笑得前仰後合；要不是盡力屏住，她早就變成哈哈大笑了；她靠在椅子上努力讓自己鎮定下來，並試圖合上嘴巴。瑪麗嚴肅地點點頭，避開了目光。在猛吸一口氣後，卡洛琳再度平靜下來，雖然還是氣喘吁吁的。

「不管怎麼說，」瑪麗道，「我就這麼失業了。」

卡洛琳把她的脊柱扭來扭去；可是不管什麼姿勢，看來都讓她覺得很痛。瑪麗問說要不要給她拿個靠墊來，卡洛琳卻唐突地搖搖頭說：「我一笑就會疼。」瑪麗再問她怎麼會如此時，卡洛琳再度搖了搖頭，閉上眼睛。

瑪麗又坐回原來的姿勢，望著天空中的星星和海上的漁火。卡洛琳透過鼻子大聲地喘氣，呼吸很急。過了幾分鐘，等她的呼吸漸趨平穩後，瑪麗說：「當然，你在某種程度上是對的。大部分最好的角色都是為男人寫的，在舞臺上下都是如此。我們需要時就反串男角。這在卡巴萊[6]的效果最好，當我們以滑稽形式模仿他們的時候。我們甚至搞過一齣全由女性演出的《哈姆雷特》。相當成功呢。」

「《哈姆雷特》？」卡洛琳唸這個詞的方式像是完全不知道這齣戲。瑪麗扭頭看了她一眼。「我從沒讀過。我自從上學之後就再也沒看過戲。」她說這番話時，她們身後的陳列室透出更多的燈光，陽臺突然被透過玻璃門的光線照亮了，由一條條深色的影子分割開來。「是那齣鬧鬼的戲嗎？」瑪麗點了點頭。她正仔細聽著走過陳列室的腳步聲，現在突然停了下來。她並沒有轉身去看。卡洛琳注視著她。「還有個人被鎖在了女修道院裡？」

瑪麗搖搖頭。腳步聲再起，馬上又停下了。然後是拖一把椅子的聲音，還有一連串金屬的叮噹，像是餐具的碰撞聲。「有個鬼魂，」她含糊地說，「還有個女修道院，但我們從來沒看過。」

---

6 卡巴萊（cabaret），指有歌舞或滑稽短劇等表演助興的餐館或是夜總會。

卡洛琳掙扎著從椅子上站起來。當羅伯特乾淨俐落地出現在她們面前，微微一鞠躬時，她剛剛站穩腳跟。卡洛琳收拾起托盤，側身從他身邊挪了過去。他們倆並未互致問候，羅伯特也沒站到一邊為她讓路。他對著瑪麗微笑，他們倆都聽著不規則的腳步聲踏過陳列室的地板漸漸遠去。一扇門開了又關，一切陷入寂靜。

羅伯特穿著他們昨晚見他穿的那套衣服，同樣濃烈的刮鬍水香味。陰影造成的錯覺使他顯得更加矮壯。他兩手背在後面，朝瑪麗走了一兩步，彬彬有禮地詢問她和柯林睡得可好。接下來就是一連串的客套話：瑪麗讚賞他們的公寓，以及陽臺望出去的好景致；羅伯特解釋說這整幢房子本來都是歸他祖父所有的，他繼承下來之後就把它分隔成了五套豪華公寓，現在他們就靠房租的進帳生活。他指著那座公墓島，說他祖父和父親就葬在那裡，並排葬在一起。瑪麗指著身上那件棉質睡衣，站起來說她覺得她該去換衣服了。羅伯特攙著她走進玻璃門，領她來到那張大餐桌前，堅持請她先跟他一起喝杯香檳。銀質托盤裡放著一瓶香檳，周圍已經擺好了四只粉色柄腳的香檳酒杯。正在這時，柯林走出臥室，出現在陳列室那頭，朝他們走來。他們倆站在桌邊，看著他一步步走近。

柯林真是煥然一新。他洗了頭，刮了臉。他的衣服洗乾淨、熨整齊。他的白襯衫得到特殊的照料，前所未有地合身。他的黑牛仔褲像緊身衣一般緊貼著他的長腿。他慢慢朝他們走來，帶著一絲侷促不安的微笑，清楚地意識到他們對他的關注。他烏黑的鬈髮在吊燈的照耀下閃閃發光。

「你看起來真棒，」羅伯特在柯林距離他們還有幾步遠的時候這麼說，又坦白地加了一句，「像個天使。」

瑪麗笑意盈盈。從廚房裡傳來杯盤的碰撞聲。她溫柔地重複著羅伯特的讚語，強調著每一個用詞。「你……看起來……真棒。」然後握住了他的手。柯林笑了。

羅伯特打開瓶塞，白色泡沫從狹窄的瓶頸噴出，他把頭轉向一側，厲聲叫著卡洛琳的名字。她馬上出現在一扇白門前，在羅伯特身旁就位，面向兩位客人。大家共同舉杯時，她平靜地說：「致柯林和瑪麗。」幾口把酒喝完，又回到了廚房。

瑪麗告退。陳列室兩端的門一關閉，羅伯特就再次為柯林把酒斟滿，輕輕拉著他的手肘，領他繞過傢俱來到一處，他們可以不受阻礙地從陳列室這頭走到那頭。仍然沒有放開柯林的手肘，羅伯特一一講解他父親和祖父留下來的財產的各個層面：一位著名的櫥櫃工人為他祖父精心打造了堪稱無價之寶的邊桌，以其獨一無二的鑲嵌工藝著稱──他們已經來到這個邊桌旁，羅伯特伸手撫摸了桌面──為的是報答他祖父以法律手段挽救了這位工藝大師女兒的名譽；牆上掛的這些陰暗模糊的繪畫──最早是由他祖父收藏的──是如何跟某些特別的著名畫派扯上關係，他的父親又是如何向他展示某些特殊的筆觸無可否認是出於哪位大師之親筆，無疑就此奠定了大師手下某位助手的作品發展方向。這個──羅伯特撿起一個很小的著名大教堂的複製品──是用瑞士一座獨一無二的鉛礦出產鑄造的。柯林不得不用雙手捧著那個模型。他得知，羅伯特的祖父擁有這個鉛礦的一些股份，礦藏很快就枯竭了，不過該處出產的鉛不同於世界上任何其他地方的出產。這個小雕塑是用礦裡挖出來的最後幾塊礦產之一塑造而成，是他父親訂製的。他們繼續往下看，羅伯特的手觸摸著，但並沒有握住柯林的手肘。這是祖父的圖章，這是他的觀劇望遠鏡，父親用的也是同樣一副，透過它，這兩個男人親眼見證了某某歌劇、某某男高音和女高音的首演之夜或紀念演出——羅伯特一一列舉幾部著名歌劇和男女高音的大名。柯林點頭稱是，至少在開頭的時候還頗感興趣地提了幾個有趣的問題。不過其實並沒這個必要。羅伯特領他來到一個小小的桃花心木雕花書架前。上面擺放著他父親和祖父愛看的小說。這些書全都是初版，蓋上一位著名書商的印章。柯林知道這家書店嗎？柯林說他聽說過這個地方。羅伯特帶他來到兩扇窗中間靠牆的餐具櫃前。羅伯特把酒杯放下，雙手垂於身側，挺身肅立，把頭垂下，像是在祈禱。柯林恭敬地後退幾步站好，細細打量這些擺設，不禁讓他想起小孩子扮家家酒的遊戲。

羅伯特清了清嗓子說：「這都是家父日常使用的器物。」他略作躊躇；柯林不安地望著他。「都是小玩意兒。」再度陷入沉默；柯林用手指梳理了一下頭髮，羅伯特則一心一意地盯著那些刷子、煙斗和剃刀。

他們終於繼續朝前走，柯林輕聲說：「令尊對你非常重要。」他們又回到餐桌前，羅伯特把瓶子裡的香檳都倒進兩人的杯子中。他引柯林走向一把皮扶手椅，自己卻仍站在那裡，他的樣子迫使柯林不安地朝吊燈的亮光處轉過臉來，觀望他臉上的表情。

羅伯特的口氣，就像是跟一個孩子解釋那些不證自明的事情一樣。「家父和祖父對自我的認識都非常清楚。他們都是男人，都以他們的性別而自豪。女人也都理解他們。」羅伯特喝乾了杯中的酒，又加了一句：「沒有任何含混之處。」

「女人都是聽人怎麼說她就怎麼做。」柯林說，半瞇著眼睛斜睨著燈光。

羅伯特的手朝著柯林微微動了一下。「如今男人都在懷疑自己，他們恨自己，甚於他們彼此之間的恨。女人都把男人當孩子對待，因為他們不能嚴肅認真地對待自己。」羅伯特坐在椅子扶手上，手放在柯林肩膀。他的聲音趨於低沉。「可是她們愛男人。不管她們聲稱相信什麼，女人愛的還是男人身上的侵略性和力量。這一點深入她們的骨髓。你就看看一個成功男人能吸引到的那些女人吧。如果我說的不是事實，那麼女人應該跳起來反對每一次戰爭。正好相反，她們樂於把自己的男人送去打仗。那些和平主義者，那些反對者，絕大多數都是男人。即便她們明明痛恨這一點，女人仍舊渴望被男人所統治。這早已深植她們的內心。她們是在對自己撒謊。她們談論著自由，夢想的卻是囚禁。」

羅伯特在話間輕柔地按摩著柯林的肩膀，柯林啜飲著香檳，凝視前方。羅伯特的聲音此時帶了某種朗誦的腔調，如同孩子在背誦乘法表。「是這個世界塑造了人們的思想。是男人塑造這個世界。所以女人的思想是由男人塑造的。從最早的童年時期，她們看到的世界就是由男人型塑。如今女人卻開始對自己撒起謊來，於是到處都充滿了混亂和苦惱。在我祖父的時代卻完全不是這個模樣。他留下來的少數幾樣東西提醒我這一點。」

柯林清了清嗓子。「令祖的時代也已經有主張婦女參政的人士了。而且我不明白你有什麼好煩惱的。這個世界不是仍然由男人統治嗎？」

羅伯特放縱地一笑。「可是統治得很糟。他們不相信自己是男人了。」大蒜和煎肉的氣味篡入房間。從柯林的臟腑遠遠地傳來一陣拖長的聲音，就像電話裡傳出來的話語。他慢慢地俯下身來，脫離了羅伯特的手。「如此說來，」他說著便站起身來，「這是個獻給舊日好時光的博物館囉。」他的聲音親切友善，又有些緊張和不自然。

羅伯特也站了起來。他臉上幾何狀的紋路更加深刻，而且他的微笑呆板、凝滯。柯林暫時轉身把空杯放在椅子扶手上，待他剛站直，羅伯特便一拳打在他肚子上，很放鬆、很從容的一拳，如果不是這一拳當下就把柯林肺裡所有的空氣全都排空了的話，看起來還像是玩笑呢。柯林彎腰弓背倒在羅伯特腳下，拚命吸氣時喉嚨裡發出好似大笑不止的聲音。羅伯特將兩個空杯子放到桌上。回來之後他把柯林從地上扶起，讓他彎腰再直起，如此做了數次。柯林終於掙脫開來，在房間裡踱步，大口地吸氣。接著他取出一條手絹輕擦著眼睛，淚眼朦朧地越過傢俱怒視羅伯特，羅伯特則點起一根香菸，朝廚房走去。到達廚房之前，他轉過身來，朝柯林眨了眨眼。

柯林坐在房間其中一個角落，看著瑪麗幫卡洛琳擺桌子。瑪麗時不時擔心地瞥他一眼。一度，她還穿過房間捏了捏他的手。羅伯特直到第一道菜上桌才出現。他換上一身淺奶油色的西裝，搭配一條窄細的黑色緞面領帶。他們喝了清湯，吃了牛排、蔬菜沙拉和麵包。還開了兩瓶紅酒。他們坐在餐桌兩端，靠得很近，卡洛琳和柯林坐一邊，羅伯特和瑪麗坐另一邊。為了回答羅伯特的問題，瑪麗談起她的孩子。她十歲大的女兒終於入選足球校隊，可是頭兩次參加球賽遭到男孩子野蠻的阻截，讓她不得不在床上躺了一個禮拜。之後她就把頭髮剪短，為了下次比賽避免遭人迫害，她甚至進了一球。她兒子比女兒小兩歲半，能在九十秒內跑完一圈運動場。等她解釋完所有細節以後，羅伯特顯然覺得無趣地點點頭，把注意力轉移到自己的食物上。

飯吃到一半時，出現了一段特別冗長的沉默，只能聽到餐具碰到盤子的聲音。然後卡洛琳就孩子們的學校很緊張地問了個很複雜的問題，迫使瑪麗詳細地談到最近通過的一項法案，以及一次改革運動的破產。她向柯林求助予以證實，他用最簡短的方式回答；而當羅伯特俯身越過桌面碰了碰柯林的臂膀，指著他幾乎空了的酒杯時，他卻掉轉目光，越過卡洛琳的頭望向一個堆滿報紙和雜誌的書架。瑪麗突然間打住話頭，道歉說她太多話了，語氣中卻飽含惱怒。羅伯特對她微微一笑，握住她的手。同時吩咐卡洛琳到廚房去端咖啡。

他仍舊握著瑪麗的手不放，並將柯林也納入他微笑的對象。「今晚有個新經理開始在我的酒吧工作。」他舉起酒杯。「為我的新經理乾杯。」

「敬你的新經理！」瑪麗說，「你的老經理出什麼事了？」

柯林拿起酒杯，但沒有舉起來。羅伯特專注地望著他，等柯林終於把酒喝完，羅伯特彷彿是在教一個傻瓜學習禮節，說：「為羅伯特的新經理乾杯。」

他為柯林斟滿酒，又轉向瑪麗。「老經理老了，現在又跟警察惹上麻煩。新經理……」羅伯特噘起嘴唇，在迅速瞥了一眼柯林的同時，用食指和拇指比劃出一個緊繃的小圓圈。「……他知道怎麼對付麻煩。也知道該採取行動的時機。他不會讓人占了他的便宜。」柯林迎接羅伯特的目光，跟他對視了一會兒。

「聽起來他可真是你的人。」瑪麗禮貌地道。

羅伯特對著她勝利地點頭微笑。「確實是我的人。」他說，放開她的手。

等卡洛琳端著咖啡回來，她發現柯林懶散地癱坐在一把躺椅上，而羅伯特跟瑪麗平靜地在餐桌邊閒談。她為柯林端來咖啡，挨著他蹲下來，蹲下時卻又疼到趺一個踉蹌，伸手撐在他的膝蓋。回頭迅速地瞥了一眼羅伯特，她開始問起柯林的工作和家庭背景，可是從她聽他說話時目光不斷在他臉上打轉的方式，從她顯然有所準備的一大堆新問題看來，她並沒有在聽他說了什麼。看來她所渴望得到的是他們在交談的事實，而非談話的具體內容；她的頭朝他俯下來，彷彿要將她的臉沐浴在他話語的洪流中。儘管如此，或許也正因為如此，柯林講得煞是輕鬆，先是他想成為一位歌手未能如願，接著講到他第一份演藝工作，再講到他的家庭。「後來我父親死了，」他最後說，「我母親又嫁了人。」

卡洛琳又在醞釀另一個問題，不過這次有點猶豫。在她身後的餐桌那頭，瑪麗打著呵欠正要站起來。「你們還會……」卡洛琳頓住了，又重新開始。「你們很快就要回家了吧，我猜。」

「下週。」

「你們還會再來嗎？」她輕碰他的手臂。「你能保證再來一次嗎？」

柯林回答得禮貌又含混。「是呀，當然了。」

但卡洛琳卻很堅持：「不，我是認真的，這非常重要。」瑪麗正朝他們走過來，羅伯特也起身。卡洛琳壓低聲音。「我不能走到樓下去。」

瑪麗已經站在他們面前，在聽到卡洛琳的竊竊私語後，她又繼續朝那個書架走去，隨手撿起一本雜誌。「也許我們該走了！」她喊道。

柯林巴不得地點點頭，就要起身的時候，卡洛琳抓住他的臂膀悄聲道：「我不能出去。」

羅伯特來到書架前陪瑪麗，兩個人一起在看一張巨大的照片。她把照片拿在手上。是個男人站在陽臺上抽菸。照片的顆粒很粗，很模糊，從遠處拍攝又放大好多倍。他讓她拿著看了幾秒鐘，又從她手裡接過去，放回書架上。

柯林和卡洛琳站起身來，羅伯特打開房門，把樓頂的燈打開。柯林和瑪麗謝過羅伯特和卡洛琳的盛情款待。羅伯特告訴瑪麗他們該怎麼回到旅館。

「記著……」卡洛琳對柯林說，可羅伯特把門一關，她那句話的後半段也就此打斷。他們走下第一段樓梯時，聽到一聲脆響，正如瑪麗後來所說，可能是什麼東西掉在地上，也有可能是一記耳光。他們走下樓梯，穿過一個很小的院子，走到沒有街燈照明的街上。

「現在，」柯林道，「該怎麼走？」

7

接下來的四天，柯林和瑪麗幾乎成天窩在旅館裡足不出戶，除了穿過繁忙的大街在浮船塢的咖啡館裡小坐一會兒，因為那裡比他們的陽臺早兩個小時曬到太陽。他們一天三餐都在旅館裡解決，就在那個狹窄的餐廳裡，漿硬的白色桌布，甚至連食物，全被窗戶的彩色玻璃染上了黃綠色彩。其他的顧客都很友善、很好奇，禮貌地探身朝向彼此的桌子，交換各自的旅遊心得：他們參觀了哪些名氣相對較小的教堂，看到了由哪一位備受尊敬的流派中相對任性的藝術家所繪製的聖壇壁畫，嘗試了哪家只有當地人光顧的餐館。

從羅伯特家裡出來以後，他們倆在回旅館的路上一直手牽著手；那天晚上他們是在同一張床上睡的。醒來後驚訝地發現自己原來睡在對方的懷抱裡。就連做愛也讓他們大吃一驚，因為那種巨大的、鋪天蓋地的快樂，那種尖銳、幾乎是痛苦的興奮——就像他們當天傍晚在陽臺上說起的——像是七年前初識時的體驗到的那種激動。他們怎麼竟然如此輕易地忘得一乾二淨了呢？那種興奮持續不到十分鐘。他們臉對臉躺了很長一段時間，大為震驚甚至有點感動。他們一起去浴室。他們在蓮蓬頭底下吃吃地笑個不停，為對方的身體塗抹沐浴乳。洗得乾乾淨淨，香水都噴好以後，他們又回到床上做愛，一直持續到中午。洶湧的饑餓感將他們驅趕到樓下那個超小的餐廳裡，其他客人熱切的交談，惹得他們就像是小學生般不斷竊笑。他們吃掉三道菜的大餐，喝光三公升葡萄酒。他們倆在餐桌上手拉著手，談論各自的父母和童年，彷彿他們剛剛邂逅。其他客人都以讚許的眼光偶爾瞥他們一眼。離開三個半小時以後，他們再度回到已然換新的床上。他們在相互愛撫當中沉入睡眠，當在薄暮時分醒來後，他們又重新體驗了一番一早那種短暫而又令人驚豔的快感。他們再度一起淋浴，這次沒有塗抹沐浴乳，而是著迷地傾聽天井對面那個男人的歌聲，他也在淋浴，仍舊唱著他的詠歎調：「Mann und Weib, und Weib und Mann.」開胃酒盛在托盤上送到他們的房間；薄薄的檸檬切片擺放在銀盤裡，大銀杯中堆滿了冰塊。他們端著酒杯來到陽臺上，靠在擺放著一排天竺葵的矮牆，一起抽了根大麻，望著西沉的太陽和街上的路人。

他們就以這樣的模式過了整整三天，僅有些微的調整。雖然他們經常眺望運河對面那座大教堂，不斷提起他們還沒來時朋友們就推薦給他們的餐館名稱，或者在正午暑熱當中不斷記起某條不知名的運河岸邊，某條特定街道上的愜意蔭涼，他們卻並不是真想離開旅館半步。第二天下午，他們穿好衣服正準備外出探險，結果卻再次倒在床上，撕扯對方的衣服，大聲嘲笑著自己的無可救藥。他們在陽臺上一直坐到深夜，喝掉一瓶又一瓶葡萄酒，任憑商店的霓虹招牌模糊了星光，再次談起各自的童年，不時地想起某件早已遺忘的往事，構想出關於過去以及記憶本身的各種理論；他們都會讓對方不斷說上一個鐘頭，絲毫不想去打斷。他們慶幸於彼此之間共通的理解，慶幸於儘管已經如此熟悉，卻仍能重新發掘出如此的激情。他們為自己深感慶幸。他們驚歎於這樣的激情，並對其詳加描述；比之於七年前的初次體驗，這更加意味深長。他們列舉著他們的朋友，不管是結了婚的還是沒有結婚的伴侶；沒有一對能像他們相愛得如此之成功。他們並沒有詳細討論跟羅伯特和卡洛琳共度的那一晚。他們只約略提到：「從羅伯特家回來的路上，我不禁想起……」或者：「我在他們的陽臺上仰望群星之時……」

他們轉而討論起了性高潮，談起男女兩性體驗到的興奮是大致相當，還是截然不同；他們都認為應該是截然不同，可這種差異是由文化差異造成的嗎？柯林說他一直以來就很羡慕女性的性高潮，而且他多次體驗到他的陰囊和肛門之間生出的一種痛苦的空虛，幾乎就是一種肉欲的感覺；他覺得這可能就近乎於女性的情欲了。瑪麗講起一家報紙上報導的實驗，他們倆都對此嗤之以鼻，那次實驗的目的恰好就是為了回答他們探討的這個問題：男性和女性的感受是否一致。他們給男女兩性的志願者每人分發一張列有兩百個形容詞和副詞短語的單子，要他們圈出十個最能描述他們性高潮體驗的詞語。然後要求第二組人員查看選出的結果，並據此猜測每位志願者的性別，結果他們猜中和猜錯的概率相等，這一實驗因此得出結論，認為男女具有相同的性高潮體驗。不可避免地，他們將話題轉到了性政治，就像他們此前多次討論的結論一樣談到了父權，而據瑪麗的說法，這就是最終塑造了社會制度和個體生活的最強有力的唯一組織原則。柯林也一如既往地反駁說，階級優勢才是更加根本的起因。瑪麗搖搖頭，不過他們倆終究會盡力找到共同點的。

他們又回到自己的父母身上；他們都獲得了母親的，又獲得了父親的哪些個性特徵：父母之間的關係如何對他們自己的生活、對他們之間的關係造成影響。「關係」這個詞如此頻繁地出現在他們的口中，他們都說膩了。可是他們又一致認為，除此之外也沒有更合適的替代語。瑪麗談到她自己身為人母的感受，柯林說的則是他自己作為瑪麗兩個孩子繼父的感受；所有的思考、所有的焦慮和回憶統統被用來解釋他們自己以及相互的性格，為此而發明的各種理論服務，彷彿是在發現自己經由一種不期而至的激情而獲重生之後，他們必須得重新創造一個全新的自己，就像要為一個新生兒、一個新角色、小說中一個突然的闖入者命名一樣，為自己重新命名。他們也有好幾次重新回到年華老去的話題；回到突然間（還是逐漸地？）發現他們已經不再是他們認識的最年輕的成年人這個話題，發現他們的身體漸感沉重，已不再是個可以完全自行調節的機體裝置，不再可以對它置之不理，而必須相當密切地予以關注並有意識地對其進行鍛鍊了。他們一致同意，這次的浪漫插曲雖讓他們重獲青春，可是他們並未受到蠱惑；他們同意自己會漸漸老去，終有一天會死，而且這種成熟的反思，他們覺得，會為這種激情帶來一種附加的深度。

事實上，正是兩人的意見統一，才使他們能夠如此耐心地穿越眾多的話題，讓他們一直到凌晨四點仍在陽臺上絮絮叨叨地談論不休，裝大麻的聚乙烯袋子、里茲拉（Rizla）牌的捲菸紙和空葡萄酒瓶散落在腳邊；他們意見的統一不單單是各自精神狀態的結果，還是一種修辭、一種行為方式。在他們前面有關重要問題的討論中（這種討論隨著歲月的流逝，也自然而然地越來越少出現了）有個不言自明的假定，即真理越辯越明，一個話題只有從相反的兩個方面來看才能得到最好的探究，即便兩人原本的觀點並非是對立的也最好對立著來；與其提供一種深思熟慮的觀點，還不如只管針鋒相對來得重要。這個觀念，如果這果真是個觀念而非一種習慣性思維，也就是說對立的雙方，因為怕自己的觀點會有相互牴觸的地方，在經過一番爭論之後可以將自己的觀點磨礪得更加精確、嚴密，就像科學家向他們的同事提出一種新方法或新技術時的情形。可結果卻往往是——至少對於柯林和瑪麗來說是這樣——這些話題被真正探究的程度遠不及防衛性的老生常談，或者被迫進入互不相干的枝節問題中盡情發揮，雙方還談得亢奮不已。當下，他們在相互鼓勵之下倍感從心所欲，於是就像小孩子來到海邊岩石區內的眾多潮水潭似地，他們倆不斷從一個問題跳到另一個問題。

可儘管有這些討論，有這種直達討論本身的真意分析，他們卻沒有談起此次新生的起因。他們的談話，在本質上並不比做愛更加冷靜客觀；不管是討論還是做愛，他們都只活在當下這一刻。他們相互緊緊地依偎在一起，在性愛中如此，在談話時亦然。一起沖澡的時候，他們開玩笑說不如把兩人銬在一起，然後把鑰匙扔掉。這個想法讓他們性欲勃發。他們就這麼渾身濕淋淋地連蓮蓬頭都沒關，就迫不及待回到床上更加深入地考慮可行性去了。他們在做愛的過程中，各自在對方的耳邊喃喃低語著一些毫無來由、憑空杜撰的故事，能夠使對方因無可救藥的放任而呻吟、嗤笑的故事，使宛如中了蠱惑的聽者甘願獻出終身的服從和屈辱的故事。瑪麗喃喃唸著說她要買通一個外科醫生，將柯林的雙臂和雙腿全部截去。把他關在她家裡的一個房間裡，只把他用作性愛的工具，有時候也會把他借給朋友們享用。柯林則為瑪麗發明出一個巨大、錯綜的機器，用鋼鐵打造，漆成亮紅色，以電力驅動；這機器有活塞和控制器，有綁帶和刻度盤，運轉起來的時候發出低低的嗡鳴。柯林在瑪麗的耳邊絮絮不休。

瑪麗一旦被綁到機器上——有專門的管道負責餵食和排泄，這個機器就會開始操她，不光是操她個幾小時甚或幾星期，而是經年累月地一刻不停，她後半輩子要一直被操，一直操到她死，還不止，要一直操到柯林或是他的律師把機器關掉為止。

然後，等他們沖過澡、噴過香水，坐在陽臺上啜飲著飲料，越過盆栽的天竺葵望著下面街上過往的遊客，他們絮絮叨叨的故事就顯得相當乏味，相當愚蠢，他們也心不在焉，有一搭沒一搭聊著。

整個溫暖的夜裡，躺在狹窄的單人床上，他們在睡眠中最典型的擁抱姿勢是瑪麗摟著柯林的脖子，柯林摟著瑪麗的腰，兩個人的腿交疊在一起。而整個白天，即便是在所有的話題和欲望都暫時耗盡的時刻，他們仍舊膩在一起，有時感覺都要被對方溫熱的肉體悶得透不過氣來了，仍舊不能分開一分鐘，彷彿他們都害怕面對孤獨和私底下的念頭，害怕這會毀掉他們分享的一切。這種怕也並非毫無來由。在第四天早上，瑪麗醒得比柯林早，於是輕手輕腳地從床上下來。她迅速地梳洗更衣，即便她的動作算不上躡手躡腳，也絕非粗心大意；她把房門打開時動作也特意放得輕柔、協調，而非習慣性猛地一拉。室外的溫度比往常十點半的時候要涼快些，空氣異常清新；陽光像是把刻刀，要將萬物最精細的線條都刻劃得一清二楚，並用最深的陰影將其烘托出來。瑪麗穿過人行道，來到浮船塢上，在最旁邊的位置挑了張桌子坐下，靠水面最近並完全都暴露在陽光之下。而她沒有袖子的手臂仍然覺得涼颼颼的，在她戴上太陽眼鏡四望找尋服務生時微微打了個寒顫。她是咖啡館唯一的客人，也許還是當天的頭一位顧客。

一個服務生撩開人行道對面一扇門上的珠簾，作勢表明已經看到她了。他走出她的視線，一會兒又重新出現，端著個托盤朝她走來，托盤上是個頗大的、熱氣騰騰的杯子。他把杯子放下，說明這是店家免費奉送的，瑪麗雖說更想要一杯咖啡而不是熱巧克力，仍然道謝接受。服務生微微一笑，腳後跟乾淨俐落地一個轉身。瑪麗把椅子稍微往裡挪一點，這樣就能面朝他們房間的陽臺和關上百葉窗的窗戶了。距她的雙腳不遠處，水波輕拍著浮船塢外面的一圈橡膠輪胎，這是為了在鐵製駁船繫泊時保護浮船塢之用的。她坐下來還不到十分鐘，彷彿受到她光臨的鼓勵似地，別的客人又占據了好幾張桌子，服務生也增加到兩個，而且兩人都忙得團團轉。

她喝著熱巧克力，一邊望著運河對面那座大教堂和周圍簇擁著教堂的房屋。偶爾，碼頭區某輛小汽車的擋風玻璃會映上初升的太陽，將陽光穿越水面反射過來。距離太遠，看不清對面行人的模樣。然後，當她把空杯子放下，放眼四顧時看到柯林衣冠整齊地出現在陽臺上，越過一段大約六十英尺的距離朝著她微笑。瑪麗熱情地回他一笑，可是當柯林稍微移動了一下他的位置，像是踩到什麼東西，礙了一下，她的微笑突然凝住，接著消退。她困惑地低下頭，又回頭朝運河對面瞥了一眼。有兩排船隻正經過，船上的乘客興奮地互相喊叫。瑪麗又朝陽臺望去，再度微笑，可是一等柯林走進房內，在他下來找她之前，她有幾秒鐘的獨處時間，她又視而不見地緊盯著遠處的碼頭區，頭側向一邊，就像是拚命想記起什麼，可終究未能如願。柯林過來以後他們對吻了一下，緊挨著坐下，在那兒消磨上兩個鐘頭。

當天剩下的時間仍舊遵循前三天的模式進行；他們離開咖啡館回到自己的房間，女服務生剛剛完成清理工作。他們上去時正好碰到她出來，一隻手臂底下夾著一包髒床單和枕套，另一隻手拎著一個廢紙簍，裡面是半滿的用過的紙巾，還有柯林剪下來的腳趾甲。為了讓她過去，他們得緊貼在牆上，她禮貌地向他們道早安時他們倆都略微有點臉紅。他們在床上待了不到一個鐘頭，午餐用去了兩個鐘頭，又回到床上，這次是為了睡覺；睡醒以後兩人做愛，完事以後又在床上賴了一段時間，然後去淋浴，穿好衣服以後把傍晚剩餘的時間、晚餐前和晚餐後，都消磨在陽臺上了。瑪麗自始至終都顯得有些焦慮不安，柯林也好幾次提到了這一點。她承認是有什麼心事，可是藏在她的意識以外，怎麼也搆不著，她解釋說，就好比做了個生動無比的夢，卻想不起來了。傍晚時分，他們判定兩人都深受缺乏運動之苦，於是計畫明天搭船渡過潟湖，到那塊廣受歡迎的狹長陸地上玩，那裡的海灘面朝開闊的大海。這麼一來，他們倆又巨細靡遺、興高采烈地——因為他們剛才又抽了根大麻——談起游泳、他們偏愛的泳姿、江河湖海和游泳池相比而言各自的優勢，以及水對於人們的吸引力之確切本質是什麼；是古代海上的祖先被埋葬的記憶嗎？說到記憶，瑪麗不禁又皺起眉頭。在這以後的談話就變得散漫無稽了，他們上床的時間也比平常早一些，午夜前一點點。

第二天早上五點半，瑪麗大叫一聲——也許是大叫幾聲中的最後一次——便醒了過來，在床上直直地坐起。白晝最初的光線正透過百葉窗映射進房間，一兩樣顯得慘澹的物品已經可以分辨出來。從隔壁房間傳來喃喃低語和電燈開關的聲音。瑪麗緊緊摟住雙膝，禁不住哆嗦。

柯林這時也完全清醒。他抬手安撫著她的後背。「做惡夢了？」他說。瑪麗避開他的觸摸，後背脊緊繃著。當他再次伸手撫摸她，這次是在肩部，像是要把她拉回去挨著他躺下，她猛一扭身甩開他的手，乾脆下了床。

柯林坐了起來。瑪麗站在床頭盯著柯林在枕頭上壓出來的凹印。隔壁有腳步聲穿過房間，門開了，腳步聲又在走廊上響起，又突然間中斷，像是有人在傾聽。

「怎麼了，瑪麗？」柯林道，伸手去拉她的手。她把手縮了回去，眼睛仍緊盯著他，她的目光顯得震驚而又疏遠，彷彿站在山頂上目睹一場災變。不像瑪麗，柯林全身赤裸，他摸索著找他的襯衫時渾身發抖著，也站起身。兩人越過空床面面相覷。「你嚇壞了。」柯林說著，開始繞過床鋪朝她走去。瑪麗點點頭，朝著陽臺的落地窗而去。他們房間外頭的腳步聲退了回去，門關上了，床上的彈簧吱嘎作響，電燈開關又咔噠一聲。瑪麗把窗打開，邁步出去。

柯林飛快地穿上衣服跟了出去。當他開始說些安慰的話語、問她問題時，她舉起一根手指壓在嘴唇上。她把一張矮桌推到一邊，示意柯林過來站到桌子的位置。柯林照她的指示站好，一邊還忍不住問她問題。她拉他轉過身面朝著運河對面，朝向還是夜晚的那塊天空，然後抬起他的左手，把它放到陽臺的矮牆上；右手則被她舉到他臉上，要求他保持不動。然後後退幾步。「你真是漂亮，柯林。」她輕聲道。

他像是突然間想到了一個簡單的念頭，猛地轉過身來。「你醒著嗎？你醒著嗎，瑪麗？」

他朝她走過去，這次她沒有後退躲開，反而縱身一躍，雙臂緊緊摟著他的脖子，不顧一切地反覆親吻著他的臉和頭。「我真是怕死了。我愛你，我怕死了！」她哭道。她的身體綳得越來越緊，顫抖得直到牙齒都碰得咔嗟作響，她已經語不成聲。

「到底怎麼了，瑪麗？」柯林急切地說，緊緊地把她抱在懷裡。她用力扯住他襯衫的袖子，想把他的手臂拉下來。「你還沒清醒呢，是不是？你做了個惡夢。」

「摸摸我，」瑪麗終於說，「求你摸摸我。」

柯林把她推開一段距離，輕輕地搖晃她的肩膀。他的聲音已經嘶啞。「你必須告訴我到底發生了什麼事。」

瑪麗突然間平靜了些，任由自己被拉回房內。她站著不動看柯林重新把床鋪好。他們上床後，她說：「抱歉嚇到你了。」然後吻了吻他，把他的手引向她的大腿中間。

「現在不行，」柯林說，「告訴我發生了什麼。」

她點點頭，躺下來，頭枕在他的手臂上。「抱歉。」幾分鐘後她又說了一遍。

「那麼，到底發生了什麼事？」他打了個呵欠說，而瑪麗並沒有馬上回答。一條船的引擎突突輕響著沿著運河朝碼頭駛去，聲音聽起來令人倍感寬慰。等它過去以後瑪麗才說：「我醒來後一下子意識到了是怎麼回事。如果是在白天，我也就不會被它嚇成這樣了。」

「啊。」柯林說。

瑪麗等著。「你不想知道到底是什麼嗎？」柯林喃喃地表示同意。瑪麗再度停頓下來。「你醒著嗎？」

「醒著呢。」

「羅伯特家的那張照片，拍的是你。」

「什麼照片？」

「我在羅伯特家看到過一張照片，照片拍的是你。」

「我？」

「那一定是從一條船上拍的，在咖啡館後面再過去一點的地方。」

柯林的腿猛地抽搐了一下。「我不記得了。」沉吟片刻後他說。

「你要睡著了，」瑪麗說，「再努力醒一會兒嘛。」

「我醒著呢。」

「今天早上我在下面的咖啡館看到你在陽臺上的時候，我還想不明白。這次我醒過來以後忽然想起來了。羅伯特給我看過那張照片。柯林？柯林？」

他一動不動地躺著，他的呼吸幾乎都聽不出來。

8

雖說這是迄今為止他們經歷的最熱的一天，而且頭頂上的天空與其說是藍色，不如說更接近於黑色，當他們終於一路走過繁忙的林蔭道，經過街上無數的咖啡館和紀念品商店來到海邊時，海卻是一片油膩膩的灰色，最輕柔的微風在其表面上堆積又驅散開一小塊一小塊的灰白色泡沫。水邊，細微的浪花不斷沖到麥稈色的沙子上，一群孩子就在這兒玩耍、喊叫；再往裡面一點，是應景的游泳者反覆抬高手臂在認真地做練習，不過向左右兩邊一直延伸到霧濛濛的暑氣當中的這一大堆黑壓壓的人群，大部分跑到這兒來就只是為了曬太陽。圍繞檯架餐桌團團圍坐的大家庭正在準備綠色蔬菜沙拉和深色葡萄酒的午餐。獨來獨往的男男女女已經在毛巾上平躺下來，身體抹得油光滑亮。電晶體收音機正在放音樂，透過孩子們玩耍的嘈雜，時不時地能聽到父母呼喊小孩的名字那拖長的尾音。

柯林和瑪麗在滾燙、厚重的沙灘上走了足足有兩百碼遠，經過抽著菸閱讀平裝小說的孤獨男性遊客，經過正在親熱纏綿的一對對情侶，穿過爺爺奶奶和嬰兒車裡的初生嬰兒全家出動的大家庭，四處找尋一塊正好合適的地方：既要在水邊，又不能離潑水玩耍的小孩太近；既要避開鄰近的收音機和帶著兩條精力過剩的阿爾薩斯牧羊犬的那個家庭，又不能離粉紅色毛巾上抹了一身油的那對情侶太近，以免侵犯人家的隱私，還不能靠那個水泥的垃圾箱太近，上頭飛舞著厚厚一層藍黑色的蒼蠅。每一處可能的位置都至少因為有一大罪狀被當場否決掉。有一處空地倒是挺合適的，可是當中又亂丟了一堆垃圾——五分鐘以後他們還是回到了這裡，把空瓶子、空罐頭和吃了一半的麵包片收拾到那個水泥垃圾箱裡，正在這時，一個男人帶著他兒子從海裡跑出來，浸濕了的黑色頭髮滑溜溜地貼在腦後，堅持說他們本來擺在這兒的野餐根本就沒開始吃呢。柯林和瑪麗只得繼續往前走，兩人一致同意——這是他們從船上下來以後的第一次交談——他們腦子裡真正想要的，是一處盡可能接近於他們旅館房間的那種私密所在。

他們最終在兩個十幾歲的少女附近安頓下來，旁邊還有一小群男人一心想通過笨拙的翻觔斗和相互往眼睛裡扔沙子，引起那兩個少女的注意。柯林和瑪麗並排把毛巾鋪好，脫得只剩下泳衣，面朝大海坐下來。一艘船拖著一個滑水的人，從他們的視線中經過，連帶幾隻海鷗飛過，還有個脖子上掛著一個馬口鐵箱子的男孩在賣冰淇淋。那幫年輕人當中有兩個正在狠命地擊打他們朋友的手臂，惹得那兩位少女大聲抗議。這麼一來，那幫年輕人立即一屁股坐下來，呈馬蹄形圍住那兩位少女，開始自我介紹了。柯林和瑪麗緊緊地握著對方的手，通過手指的動作向對方保證，他們雖然默不做聲，卻深深地關切著對方的存在。

吃早餐時瑪麗又說了一遍照片的事。說的時候也並沒有經過深思熟慮，就把她認知到的事實一步步照順序說了一下。柯林自始至終都點頭稱是，還提到他現在想起來了，昨晚問過她一兩個細節問題（盆栽的天竺葵也在照片上嗎？——是的；光照的影子是朝哪一邊的？——這個她不記得了），可是照舊沒發表什麼概括性的意見。他一邊點頭稱是，一邊疲憊地揉著眼睛。瑪麗把手伸出來放到他的手臂上，手肘碰倒牛奶罐。回到房間準備換衣服去海灘的時候，她把他拖到床上死命地擁抱著他。她吻遍了他的臉，把他的頭抱在胸口，一遍又一遍地告訴他她多麼愛他，她多麼癡迷於他的身體。她把手放在他赤裸、緊實的臀部，輕輕地捏著。他吸吮著她的乳房，把食指深深地放進她體內。他弓著雙膝，吸著，刨著，瑪麗前前後後地搖晃著，不斷呼喊著他的名字；然後，她半哭半笑地說：「深愛一個人為什麼會這麼恐怖？為什麼會這麼嚇人？」但他們並沒有賴在床上。他們相互提醒著要去海灘的諾言，從對方身上撕扯分開以後，他們開始收拾毛巾。

柯林趴著，瑪麗跨坐在他臀部上，往他的背上抹油。他眼睛閉著，臉斜靠在手背上，第一次跟瑪麗說起羅伯特在他肚子上打了一拳的事。他詳述了事情的始末，既不加修飾，也絲毫不帶有個人情感，不論是當時還是現在；單純複述他還想得起來的對話，描述身體的位置，講述事情發生的確切過程。他一邊講話，瑪麗一邊按摩他的後背，從脊椎的下端開始向上按摩，兩個拇指以聚攏的力量逐一按壓著小塊堅實的肌肉，一直按到脖子後面兩側堅挺的肌腱。「好痛。」柯林說。瑪麗道：「繼續，把過程講完。」他正說到他們準備走時，卡洛琳悄聲對他說的話。他們身後，那幾個年輕男人的低語音量越來越高，直到爆發成為全體大笑，笑聲中有些緊張，不過非常和善；接著是那兩個少女相互間輕柔而又飛快的聲音，又一次全體大笑，這次少了些緊張，更加些收斂。從這幫男女背後，傳來海浪那極有規律性的拍岸聲，間隔的時間幾乎完全相等，聽來催人入眠，而當海浪間或飛快地連續拍擊海岸，暗示出其背後蘊含著多麼深不可測的複雜動作時，那聲音聽來就更讓人昏昏欲睡了。太陽宛如響亮的音樂，放射著光輝。柯林的聲音變得有些含糊，瑪麗的動作也沒那麼迫切，更加有節奏性了。「我聽到她的話。」她在柯林說完後說。

「她簡直是個囚徒，」柯林說，然後，更加肯定地說，「她就是個囚徒。」

「我知道。」瑪麗道。她把雙手併攏，鬆鬆地環住柯林的脖子，把她在陽臺上跟卡洛琳的談話講了一遍。

「你先前為什麼不告訴我？」他最後說。

瑪麗猶豫了一下。「那你幹嘛也不告訴我？」她從他身上爬下來，他們躺在各自的毛巾上再度面向大海。

經過一段長長的沉默，柯林說：「也許他打她。」瑪麗點點頭。「然而……」他抓起一把沙子，慢慢流瀉到他腳趾上。「……然而她又似乎挺……」他的話音含混下去。

「挺心滿意足的？」瑪麗尖酸地道，「大家都知道女人多麼喜歡被毆打。」

「別該死的這麼自以為是。」柯林反應的激烈讓他倆都倍感吃驚。「我想說的是……她似乎——怎麼說呢——因為著什麼而容光煥發。」

「哦是呀，」瑪麗說，「因為疼痛。」

柯林歎口氣，翻了個身又趴回去。

瑪麗噘起嘴，望著在淺水裡玩耍的幾個孩子。「那幾張明信片……」她喃喃道。

他們又坐了半個鐘頭，各自眉頭微蹙，私下裡都在琢磨一個很難用語言來定義的想法。他們都受制於一種感覺，覺得過去這幾天不過是某種形式的寄生狀態，一種不願承認的共謀：是喋喋不休的偽裝之下一種沉默無語。她伸手到提袋裡，取出一根橡皮筋，把頭髮紮成一束馬尾。然後她突然站起來，朝海水走去。當她經過那一小幫吵鬧的男女時，有一兩個男人對她溫和地吹了聲口哨。瑪麗表示質問地回過頭來，可那幾個男人像隻小羊似地笑笑，特意把眼睛別開了，其中一位咳了一聲。柯林仍沒改變姿勢，望著她站在深及腳踝的水裡，周圍都是些小孩，興奮得大呼小叫追趕著海浪。瑪麗似乎是在看一群更大些的孩子，他們在更深的水裡，紛紛往一個平平的、黑色拖拉機輪胎的內胎上爬，又紛紛往下掉。她繼續往深水中跋涉，直到跟他們平行。那幫孩子衝著她喊話，無疑是在教她如何正確地下水，瑪麗朝他們的方向點頭致意。她以最快的速度回頭瞄了柯林一眼後，向前推水，然後偎入水中，以舒適、緩慢的動作開始了蛙泳，採用這樣的泳姿，她在常去的泳池裡能毫不費力地游上十來回。

柯林手肘撐地躺了回去，沉溺在暖意洋洋和相對的孤獨中。有個男人弄到了一個亮紅色的沙灘球，現在他們在吵吵嚷嚷地商量該拿它來玩什麼遊戲，還有更加困難的分組問題。有個女孩加入，她正拿自己的手指虛張聲勢地戳著那個塊頭最大的男人的胸膛，以示警告。她的朋友，又瘦又高，雙腿看起來有點過於瘦弱了些，站開一點，有些緊張地撫弄著一縷頭髮，臉上凝固成一個禮貌的、默許的露齒笑容。她正在注視著一個身材矮胖、活像個人猿的人的臉，那人看來一心想逗她開心。他一個段子講到最後，抬手在她肩上友好地打了一拳。一會兒以後他又躥到她面前，掐了她大腿一下，跑出去幾步，轉頭讓她追他。那女孩就像隻新生的犢牛一般，毫無方向地奔了幾步，而且踉踉蹌蹌，窘迫得不得了。她手指插到頭髮裡爬梳了一遍，轉身朝她朋友走去。那個人猿再次跑上來逗她，這次是拍了她一下臀部，很有技巧地飛快一擊，聲音出人意料地響亮。其他人，包括那個個頭稍矮的女孩，全都笑了，人猿喜不自勝地表演一個失敗的翻觔斗。而那個瘦弱的女孩仍舊面帶勇敢的微笑，退後躲開他。他們用兩把沙灘遮陽傘隔開幾尺遠的距離，插在沙子裡，頭上用根繩子連起來；一場排球賽就要開始。人猿在確定那個瘦弱女孩跟他同組以後，把她叫到一邊，跟她解說規則去了。他把球拿在手裡，給她看他如何握成拳頭，然後一拳高高地把球打到空中。那女孩點點頭，微微一笑。輪到她時她拒絕發球，可那個人猿堅持讓她試試，她等於給個面子，把球打出去幾英尺高。人猿一邊拍手叫好一邊跑去撿球。

柯林沿著水邊漫步，彎下腰來細看沖上岸來的一灘泡沫。在每個細小的氣泡中，光線都經過折射在薄膜上形成一道完美的彩虹。那灘泡沫就在他觀察的過程中慢慢乾涸了，幾十道彩虹每秒鐘都在消失當中，然而又沒有任何兩道彩虹是同時消失不見的。等他站直身子，除了一圈不規則的浮渣之外已經一無所剩。瑪麗游出去有兩百碼左右的距離，她的頭成為一個小黑點，襯在一片灰色的海平面當中。柯林手搭涼棚，為的是看得更清楚些。她不再往海裡游；事實上她似乎已經面朝岸邊，不過很難看清她到底是朝他游過來還是在原地踩水。像是回答他的疑慮，她抬起手臂急切揮舞起來。可到底是她抬起了手臂，還是在她身後湧起了海浪呢？那麼一刻，他看不到她的頭。她的頭沉下去又浮起來，頭上有什麼在揮舞。肯定是她的手。柯林猛吸了一口氣，也朝她揮舞著手臂。他踩進水裡好幾步，卻沒有察覺。她的頭像是轉了過去，這次沒有消失，卻在來回亂動。他喚著瑪麗的名字，並沒有大聲喊叫，發出的是一種恐慌的低語。站在深及齊胸的水中，他最後看了她一眼。她的頭再度消失不見，仍舊很難看清楚她到底是沉進海浪中，還是不過只是被海浪擋住了。

他朝她的方向游去。在他們家鄉當地的游泳池裡，他游的是自由式，動作很大、很漂亮，入水很深，不過也就只有從池頭游到池尾，碰上天氣好、興致高的時候才游個一趟來回。距離再長他就有點游不動了，還會抱怨老是這麼一上一下地太乏味。如今他因為長距離的游泳真有點吃不消，呼氣聲像是響亮的歎息，彷彿在嘲弄一連串發生的悲慘事件。游出二十五碼以後，他不得不停下來喘口氣。他仰躺了幾秒鐘，又開始踩水。他半瞇著眼睛四處尋找，就是不見瑪麗的蹤影。他再次出發，這次放慢了速度，自由式之外再接著一段側泳，這種泳姿呼吸起來更容易些，還可以把臉保持在現在越來越大的海浪之上，循著海浪的波谷來游，因為要想橫穿著游過去實在是累人。等他再度停下來時，才看到了瑪麗。他朝她大喊，可他的聲音卻軟弱無力，而且一下子從肺裡排出這麼多空氣也似乎讓他倍感虛弱。到了這裡，只有最上層那幾英寸的水是暖的；他踩水的時候，伸到底部的腳被凍麻了。他轉身繼續朝前游去，迎面正好撞上一個海浪，吞了一大口海水。那個浪打下來時挺和緩的，可他仍不得不背過身去喘口氣。哦上帝啊，他說道，或者他想道，一遍又一遍，哦上帝啊！他再度動身，游了幾下自由式就又得停下來；他的兩條臂膀感覺像是灌了鉛一般沉重，怎麼也抬不出水面。如今只得全部採用側泳，慢慢划過水面，甚至感覺不到在前進。等他再次停下來，呼呼地急喘，伸長脖子越過浪頭四處觀看的時候，發現瑪麗就在十碼以外的地方划著水。他看不清她臉上的表情。她在朝他喊叫，可是海水拍擊著他的耳朵，他聽不清楚。這最後幾碼的距離花了他很長時間才游到。柯林的泳姿已經退化成為側身亂划，等他終於養足了力氣抬眼看時，瑪麗好像離他更遠了。他終於撲到她身邊。他伸手抓住她的肩膀，她在他的壓力之下沉了下去。「瑪麗！」他大叫，又吞了更多水。

瑪麗再度出現，用手指捏住鼻子擤了擤。她的眼睛又紅又小。「多漂亮啊！」她叫道。柯林上氣不接下氣，又伸手去抓她的肩膀。「當心，」她說，「仰泳，要不然你會把我們倆都給淹死的。」他努力想說話，可嘴巴一張水就灌了進去。「經過那些蜿蜒曲折的窄巷以後，來到海岸外這裡真是太棒了。」瑪麗道。

柯林仰面朝天，手腳攤開得活像個海星。他把眼睛閉上了。「是的，」最後艱難地說，「太棒了。」

他們回到沙灘上，沙灘不像剛才那麼擁擠了，不過那場海灘排球賽才剛結束。高個兒女孩獨自走開，低著頭。其他的隊員看著她離開，此時那個人猿蹦蹦跳跳地追了上去，在她面前後退著走路，兩條手臂誇張地、乞求地畫著圓圈。瑪麗和柯林把隨身的東西都拖到一把被人遺棄的遮陽傘下，睡了半個鐘頭。醒來時沙灘上更加空蕩。玩排球的人和球網都不見了，只有那些大家庭還跟他們的野餐留在原地，圍著堆滿垃圾的桌子打瞌睡或是低聲交談。在柯林的建議下，他們穿好衣服朝那條熱鬧的大街走去，去找吃的和喝的。他們頭一次發現，在步行不到一刻鐘的地方就有一家適合他們的餐館。他們在餐館的露臺上就座，整個露臺都在一株飽經風霜、遍體瘤節的紫藤濃蔭掩映之下，紫藤的枝幹虬結蜿蜒、百折千迴，鋪遍整個院落上面紮的藤架。他們的座位相當隱蔽，鋪了兩層漿硬的粉色桌布；餐具沉重而又華麗，擦拭得十分明亮；桌子中間有一枝紅色康乃馨，插在一個極小的淡藍色陶器花瓶裡。伺候他們的兩個服務生既友好又保持令人愉快的淡漠，菜單上的菜色不多，表示每道菜都是以全副心思準備的精品。事實上，食物並不見得有多麼出色，不過葡萄酒很冰爽宜人，他們喝了一瓶半。兩人席間的談話彬彬有禮又輕鬆隨意，就像老朋友的閒聊，倒不像情人的絮語。兩人都避免提到自己或者是這次假期。他們談的反倒是共同的朋友，猜想他們怎麼樣了，為回家以後的安排草擬些計畫，談到可能會曬傷，討論蛙式和自由式泳姿各自的優點所在。柯林不斷地打呵欠。

直到他們步出餐館，忐忑不安地走在暮色中，身後兩個服務生站在露臺的臺階上目送他們遠去，前面是那條筆直的林蔭步道，從沙灘和大海通向碼頭和潟湖區，柯林用手指扣住瑪麗的手指——手牽手實在太熱了——再度提到那張照片。羅伯特難道一直帶著相機跟蹤他們？現在他還跟在後面嗎？瑪麗聳聳肩，回頭瞥了一眼。柯林也回頭看了一下。到處都是相機，掛在遊客的脖子上，就像水族箱裡的魚，漂浮在四肢和織物的造景當中。當然，羅伯特並不在這兒。「也許，」瑪麗說，「他覺得你有張標緻的臉孔。」

柯林聳聳肩，把手撤回來，摸了摸自己的肩膀。「我有點曬過頭了。」他解釋道。

他們朝碼頭區走去。人群正大批離開餐館和酒吧，重新返回沙灘。柯林和瑪麗為了趕時間不得不離開人行道，走在路面上。他們到達碼頭時，只有一艘船在那兒，而且就要開船了。它比一般橫渡潟湖的船隻要小，駕駛艙和通風口漆成黑色，形狀像是個打扁的大禮帽，讓那艘船看上去活像個衣冠不整的殯葬員。柯林朝它走去，瑪麗則仔細研究了一下售票處旁邊的時刻表。

「它要先繞到島的另一邊，」她趕上他以後說，「抄近路再沿著海灣繞到我們那裡。」

他們剛上船，船長就走進駕駛艙，引擎突突地發出聲響。他手下的船員——通常都是個留小鬍子的年輕人——解開鐵柵欄後又砰的一聲把它關上。船上頭一遭只有少數幾個乘客，柯林和瑪麗分開幾步後各自站在駕駛艙的兩邊，順著船頭的一側望去，迤邐越過遠處那些著名的尖塔和圓頂，途經那個高聳的鐘塔，望穿至公墓島，從此處看去，那個島不過是個懸浮在地平線上的模糊污點。

現在航程已經確定，引擎穩定轉成一種愜意的、有節奏的聲響，就在兩個相差不到半音的音符之間擺動。在整個航程當中——有三十五分鐘左右——他們倆都沒開口說話，甚至沒看對方一眼。坐在相鄰的兩張椅子上，繼續注視著前方。他們倆中間是那個無精打采地站在駕駛艙門口的船員，艙門半開著，他偶爾跟船長交換幾句意見。瑪麗將下巴靠在一邊的手肘上。柯林時不時地閉起眼睛。

當船慢慢靠攏到醫院旁邊的小碼頭，他來到瑪麗這邊，觀看等候上船的乘客，有一小群人，大多數都上了年紀，雖然天氣炎熱，仍舊盡可能地靠在一起，以不相互接觸為原則。瑪麗站了起來，朝下一個碼頭看去，就在波瀾不興的水面四分之一英里外之處，歷歷在望。那幫上了年紀的乘客互相扶持上了船，船長和船員快速對喊了幾聲，船就繼續向前開，航行的路線跟他們五天前一早走過的人行道相互平行。

柯林貼近站在瑪麗身後，在她耳畔說：「也許我們應該在下一站下船，步行過去。這比繞著海灣轉一圈還快些。」

瑪麗聳了聳肩說：「也許吧。」並沒有回頭看他。不過當船慢慢駛進下一站的碼頭，船員開始把纜繩往繫泊柱上纏繞時，她飛快地轉身，輕輕在他唇上親了一下。鐵欄杆抬了起來，有一兩個乘客走上岸。這時出現了片刻停頓，他們周圍的每一個人都像是在行動當中定格下來，像小孩子在模仿祖母走路的步態。船長把前臂搭在舵上，看著他對面的船員。船員拾起拖拉在船上的纜繩頭，正準備要把纜繩從繫泊柱上解下。剛上船的乘客已經找到座位，不過習慣性的閒談尚未展開。柯林和瑪麗走了三步，從油漆剝落的甲板跨到碼頭那端吱嘎作響的黑色板條上。接著，船長馬上尖聲朝船員喊了一聲，船員點點頭，把纜繩全部解下。從船上密不通風的艙內傳來突兀的笑聲，還有幾個人也立刻開口說話。柯林和瑪麗一路無語，慢慢地沿碼頭踱去。他們偶爾朝左邊一瞥所看到的景致，被樹木房屋和院牆特別的排列組合遮蔽住，不過缺口註定要出現。

終於，他們倆一起停下腳步，透過一座高大變電站的一角，和一棵壯碩懸鈴木的兩條枝杈中間，望向一個綴滿鮮花的熟悉陽臺，一個渾身白衣的矮小人影先是凝神觀望，然後朝他們揮手。藉由離岸船隻輕柔搏動的引擎聲，他們聽見卡洛琳發出的呼喚。他們仍舊小心地避開對方的目光，朝左邊的一條巷道走去，穿過巷道就可以進入房屋了。他們並沒有手牽手。

9

他們朝樓梯上一瞥，但見一個人頭的側影，確定是羅伯特正在上方樓梯平臺上等他們。他們上樓時沒有說話，柯林領先瑪麗一兩步。他們聽到頭頂上羅伯特清了清嗓子。卡洛琳也等在那裡。當他們踏上最後一階時，柯林慢下了腳步，手在身後摸索著瑪麗的手，而羅伯特已經下來迎接他們，面帶歡迎的順從微笑，明顯不同於他慣常的喧鬧派頭，手臂自然而然就環住柯林的肩膀，看似幫忙扶他走完最後幾階樓梯，這麼一來也就順理成章地背向瑪麗。前方的卡洛琳笨拙地倚著公寓大門，身穿一件有方形大口袋的白色裙裝，臉上漾起滿意的笑容。他們的歡迎詞親密又有些拘謹，且彬彬有禮；柯林朝卡洛琳走去，她把臉頰湊上去，同時輕輕地握住他的手。羅伯特身穿件黑色西裝，裡面是背心和白色襯衫，但沒打領帶，腳上是黑色的細跟高靴，自始至終都把手搭在柯林的肩膀上，只在終於轉向瑪麗的時候才放開手，他向瑪麗以最淺的方式，帶點反諷意味地鞠躬，握住她的手，直到她把手抽回。瑪麗繞過羅伯特，和卡洛琳互吻了一下——也只在臉頰上輕輕一碰。現在四個人都緊緊擠在門邊，卻都沒有要進屋的意思。

「渡船帶我們從海灘繞道來到這邊，」瑪麗解釋道，「所以我們就想，最好過來打個招呼。」

「我們一直期望你們能早點來呢。」羅伯特說。他將手放在瑪麗的手臂上，跟她講話的神態就彷彿只有他們兩人。「柯林曾向我妻子保證過，不過看來已經忘得一乾二淨了。今天早上我還特別在你們旅館留了紙條。」

卡洛琳也只對瑪麗說話。「你看，我們也正要出門，真不想錯過跟你們見面的機會。」

「為什麼？」柯林突然道。

羅伯特和卡洛琳微微一笑，瑪麗為了掩飾柯林這小小的失禮，禮貌地問道：「你們要去哪裡啊？」

卡洛琳看了羅伯特一眼，羅伯特則從這個小圍圈中向後退一步，把手支撐在牆上。「哦，一次漫長的旅行。卡洛琳有很多年都沒見過她父母了。不過這事待會兒再說不遲。」他從口袋裡取出一塊手帕，輕輕在額角擦了擦。「首先是我那個酒吧裡還有點小事得先了結。」他對卡洛琳說：「帶瑪麗進屋，請她吃些點心，柯林先跟我去一趟。」卡洛琳退後幾步走進公寓，作勢要瑪麗跟她進去。

瑪麗伸手把沙灘包從柯林手裡接過去，正要開口對他說句什麼的時候，羅伯特插話說。「進去吧，」他說，「我們不會耽擱很久的。」

柯林也正想跟瑪麗說句話，便伸長脖子想越過羅伯特跟她交換眼神，可是房門很快關上，羅伯特溫柔地拉著他朝樓梯走去。

男人在大街上牽手或者挽臂一起走乃是本地習俗；羅伯特緊緊地握住柯林的手，手指交叉且用力扣緊，這麼一來要想把手抽回去就得明顯地刻意掙脫，很可能顯得無禮也肯定偏離常規。他們這次走的是條陌生的路線，途經幾條街道相對而言少有遊客和紀念品店，這個區域像是連女人也被排除在外，因為所到之處，無論是隨處可見的酒吧和街頭咖啡館，還是重要的街角和運河橋樑，亦或是他們經過的幾家撞球間，放眼望去全是各個年齡層的男人，大多只穿襯衫，三五成群地閒談，大腿上搭著報紙打瞌睡的人也比比皆是。小男孩則站在一旁，兩條手臂也學他們父兄大模大樣地環抱在一起。

每個人都好像認識羅伯特，他彷彿故意選了一條盡可能碰到更多熟人的路線，帶著柯林穿越一條運河，只為了在一個酒吧外面跟別人說幾句話，再掉頭回到一座小廣場上，有群年長的男人圍著一座廢棄的噴泉站著，水池裡面堆滿了揉皺的菸屁股。柯林聽不懂他們說的話，不過他自己的名字似乎反覆被提到。在一家撞球場門外，正當他們轉身要離開一幫鬧哄哄的人群，有個男人使勁在他臀部掐了一把，他生氣地轉過頭去。可是羅伯特卻拉著他繼續朝前進，響亮的笑聲一直隨他們轉過這條街道。

羅伯特的新經理是個肩寬背闊的男人，前臂上有刺青，他們進去時他起身歡迎，除此之外酒吧裡一切照舊；自動點唱機泛出同樣的藍光而現在沉默著，那排黑色椅腳的吧臺高腳凳上頭罩著的紅色塑膠，還有人工照明下，地下空間那種不受外面晝夜更替影響、一成不變的靜態特質。還不到四點，酒吧裡至多只有五六個顧客，全都站在吧臺前。酒吧裡新添的，或者不如說更顯眼的，是那些四處徘徊於桌子之間的巨大黑頭蒼蠅，活像是掠食性魚類。柯林跟經理握手，要了瓶礦泉水，在他們先前坐過的那張桌子旁邊坐了下來。

羅伯特說完失陪就走到吧臺後面，跟那位經理一起查驗櫃臺上攤開的好些文件票據。兩個人像在簽一份協議。一個侍者在柯林面前放了一瓶冰礦泉水、一個玻璃杯和一碗開心果。看到羅伯特從文件上直起腰來，朝他這個方向看，柯林舉起玻璃杯表示感謝，羅伯特雖然繼續盯著這邊，表情卻沒有任何變化，倒是針對自己的某些想法緩緩點頭稱是，然後再次把目光轉向面前的文件。吧臺邊為數不多的幾個酒客也一個接一個地轉頭瞄著柯林，才再次回到他們的酒和低聲閒談當中。柯林啜飲著礦泉水，剝開果殼吃了幾顆開心果，把手放進口袋裡，椅子翹得後仰，只有兩條椅腳著地。又有個顧客轉過頭來看他，回頭跟鄰座嘀咕了一聲，在那位鄰座翻過身來想跟他對上視線時，柯林站起身來，筆直地走向那臺自動點唱機。

他抱著手臂站在那兒，盯著那些不熟悉的樂團名字和看不懂的歌曲標題，彷彿在猶豫著不知如何選擇。吧臺邊喝酒的那幾個酒客，現在帶著毫不掩飾的好奇直視他。他往點唱機裡投進一枚硬幣。亮起的信號燈劇烈變動，有一盞矩形的紅燈跳動著，催促他做出選擇。吧臺旁邊有個人大聲講出一個短詞，顯然就是一首歌的歌名。柯林搜尋著那幾欄打字機列印的檢索標籤，掃過一遍後馬上又返回一張唱片的名字，只有這個名字是有意義的——〈哈哈哈〉——就在他按下那個數字，那台巨大的設備在他手指底下震動起來時，他已經知道這就是上次他們聽到的那首雄渾而又感傷的歌曲。柯林返回座位，羅伯特的經理抬起頭來微微一笑。顧客們嚷嚷著要把聲音再調高一些，當第一組震耳欲聾的合唱響徹整個酒吧的時候，有個人又新叫了一輪酒，並合著那嚴格的、幾乎是軍樂般的節奏拍打著櫃臺。

羅伯特回到柯林身邊坐下，當唱片正值高潮橋段時，他仍忙著研究他的文件。點唱機咔噠一聲停下來，他開心地微微一笑，指向空掉的礦泉水瓶。柯林搖搖頭。羅伯特敬他一根香菸，因為柯林的斷然拒絕而皺眉，自己點燃一根說：「你知道我們一路走過來，我跟大家都說些什麼嗎？」柯林搖頭。「隻字不懂？」

「不懂。」

羅伯特滿心歡喜地笑了。「我們碰到的每一個人，我都告訴他們你是我的情人，卡洛琳嫉妒得要命，我說我們要到這兒來喝一杯，把她拋到九霄雲外。」柯林正把T恤往牛仔褲裡塞。他用手指梳理了一下頭髮，抬頭望著他，眨眼問道。「為什麼？」

羅伯特哈哈一笑，唯妙唯肖地模仿著柯林認真的躊躇表情。「為什麼？為什麼？」然後他俯身，觸摸柯林的前臂。「我們知道你們會回來。我們一直在等待著，準備著。我們還以為你們會早幾天來呢。」

「準備著？」柯林道，抽回手臂。羅伯特把文件摺起來塞進口袋，面帶親切地盯著柯林，好像他是他的所有物。

柯林開口想要說什麼，又猶豫了一下，很快地說：「你為什麼要拍我那張照片？」

羅伯特再次滿面笑容。他往後一靠，一條手臂搭在椅背上，自鳴得意得容光煥發。「我還以為沒有給她足夠的時間。瑪麗的反應真夠快。」

「到底是什麼意思？」柯林堅持問道，不過有個新來的顧客又跑去自動點唱機那兒點了歌，〈哈哈哈〉的歌聲再度響起，音量比剛才還大。柯林環住手臂，羅伯特則起身跟經過他們桌邊的一幫朋友打招呼。

回家走的是一條比較僻靜的街道，一路下坡，部分路段經過海邊，柯林再度逼問羅伯特關於照片的事，還有他所謂的準備究竟是什麼意思，誰知羅伯特嘻嘻哈哈地顧左右而言他，指著一家理髮店說他祖父、他父親，還有他本人都是到這裡來理髮，又滿懷熱情、喋喋不休地解釋——也許是故作姿態——來自城市的污染如何影響到漁民的生計，迫使他們只能去做餐廳服務生。柯林略微惱怒了，突然停住不走，羅伯特雖放慢精力十足的步幅，且帶驚訝地轉過身來，卻仍舊繼續向前走，彷彿他如果也跟著停步的話，會有辱尊嚴。

柯林距離上次跟瑪麗坐在包裝箱上看日出的地點不遠。此刻正值向晚時分，太陽雖仍高掛，東方的天空卻漸失生動的紫紅，正逐漸從粉藍減淡為摻了水的牛奶色，沿著地平線，與淺灰色的大海形成最微妙的交互作用。那片島上的墓園，它那低矮的石牆、那層層相疊的明亮墓碑，被身後的太陽明明白白地映照出來。不過截至目前為止，東邊的天空尚未有入夜的跡象。柯林從左肩扭頭，順沿碼頭一路掃視過去。羅伯特離開他有五十碼之距，正不慌不忙地朝他走來。柯林轉身望向背後。一條狹小的商業街，並不比一條窄巷寬出多少，劈開一片飽經風霜的房屋。它從店鋪的遮陽篷和掛滿萬國旗般晾曬衣物狹小鍛鐵陽臺底下蜿蜒穿行，誘人地消失於暗影之中。它邀你去探險，但要你單人獨往，既不能求助同伴，也不能攜帶跟班。現在就踏上探險的征程，彷彿你是沙鷗般全然自由，從耍弄心計的辛苦狀態中解放出來，重新找回閒情逸致，打開心靈去關注、去感受，去往這樣一個世界，讓它那令人屏息凝神、歎為觀止的萬千細流，如水銀瀉地般不斷衝擊你的感受，而對此我們已何等輕易地習焉不察了，將其淹沒在個體責任、效率以及公民的權利義務等等未經檢視之觀念的喧囂當中，現在就踏上探險的征程，悄聲走開，融入那片暗影，就這麼簡單。

羅伯特輕輕地清了嗓子。他就站在柯林左邊幾步。柯林再次轉身望向大海，輕聲地、和善地說：「一段假期的成功之處，就在於它使你想回家了。」

整整一分鐘後羅伯特才開口，當他說話時，語氣中帶了一絲惋惜。「我們該走了。」他說。

瑪麗踏進陳列室，卡洛琳在她身後把門緊閉，那個房間看起來像擴增了一倍。事實上，所有的傢俱、所有的繪畫、地毯，吊燈以及牆上所有的掛飾統統消失了。原來那張巨大、光亮的餐桌的位置，如今是三個箱子頂著一塊三合板，上面散放著午餐的殘餘。這張暫時湊合的桌子旁邊有四把椅子。地板仍是一大塊平整的大理石，瑪麗朝房間裡面走了幾步，她的涼鞋噗嗞噗嗞作響。唯一保持不變的是羅伯特的餐具櫃、他的神龕。瑪麗背後，一進門處放著兩只手提箱。陽臺上倒依舊擺滿植物，不過那裡的傢俱也都不見了。

卡洛琳仍站在門口，用雙手手掌撫平身上的裙子。「我平常穿得可不像個病房看護，」她說，「不過有這麼多東西要歸位，穿白色讓我覺得更有效率。」

瑪麗微微一笑。「我穿什麼顏色都沒效率。」

脫離了當下的背景，誰都很難認出卡洛琳來。她頭髮原先一絲不苟地全都緊緊束在腦後，現在略微歪斜；鬆散的髮絲使她的臉部柔和下來，幾天沒見已不再顯得毫無個性了。她的雙唇早先削薄且毫無血色，如今相形之下格外豐滿，帶了些肉感。她那長直線條的鼻子，原像只是為了解決一個設計問題而勉強應景的器具，而今竟然覺得高貴而有尊嚴。先前放射出強烈、瘋狂光芒的眼睛，現在也更顯和藹可親、更富同情心了。只有她的皮膚仍舊如故，沒有顏色，並不蒼白，只是一種單調的灰。

「你看起來真不錯。」瑪麗說。

卡洛琳朝她走過來，照例是那種痛苦、笨拙的步態，把瑪麗的手握在手裡。「真高興你們來了。」她說，急迫地想表示出殷勤好客，說到「高興」和「來了」時緊緊地捏了一下。「我們就知道柯林會信守諾言的。」

她想把手抽回來，可瑪麗仍握住不放。「我們算不上是特意過來，不過也不全是一時心血來潮。我一直想跟你談談。」卡洛琳臉上的微笑勉強掛著，不過她的手在瑪麗手裡卻沉重起來，瑪麗仍不肯放手。她在瑪麗說話時點著頭，將她的視線引向了地上。「我一直都對你充滿好奇。有些事情我想問問你。」

「啊，好呀，」卡洛琳沉吟了片刻後才說，「我們到廚房去吧。我沏壺花草茶。」她終於把手抽出來，果斷地硬抽出來，然後，又重新恢復成熱心女主人殷勤好客的態度，在俐落地轉身瘸步走開之前，對瑪麗嫣然一笑。

廚房跟公寓的大門位於陳列室的同一側。廚房很小，但一塵不染，有很多碗櫥和抽屜，表面都覆了層白色塑膠。照明用的是螢光燈，沒有食物的蹤跡。卡洛琳從洗碗槽底下的櫃子裡取出一張鋼管凳子，遞給瑪麗請她坐。灶具擱在一張破舊的小牌桌上，是組合屋裡經常使用的那種類型，有兩個灶口，沒有烤箱，有條橡皮軟管接到地板上的煤氣瓶裡。卡洛琳坐上去燒水壺，又伸手到碗櫥裡去拿茶壺，動作非常艱難卻又斷然拒絕幫忙。她一動也不動地站了一會兒，一隻手搭著冰箱，另一隻手撐在臀部上，顯然是在等著一陣疼痛過去。緊挨在她背後的是另一扇門，開了道縫，透過門縫瑪麗可以看到床的一角。

等卡洛琳舒緩過來，從一個罐子裡舀出小小的花草茶葉到茶壺裡，瑪麗輕聲問：「你的脊背到底怎麼了？」

又是那種現成的微笑一閃而過，也就是露一下牙齒，下巴迅速往前一拉，那種對著鏡子擺出來的笑容，在這樣一個狹窄、明亮的空間當中顯得完全像個局外人。「這個樣子已經有很長的時間了。」她說，然後就忙著擺放杯碟。她跟瑪麗說起她的旅行計畫：她跟羅伯特打算飛到加拿大，和她父母一起住三個月。他們回來後打算另外買幢房子，或者一個底層的公寓，不需要爬樓梯的地方。她把茶倒進兩個杯子裡，正在切檸檬片。

瑪麗附和說這次旅行聽起來讓人興奮，他們的計畫也很明智。「可你身體的疼痛呢？」她道。「是你的脊椎，還是髖部？有沒有看過醫生？」卡洛琳這時已經背朝著瑪麗，正往茶裡放檸檬片。聽到茶匙的叮噹聲，瑪麗加了一句：

「別幫我加糖。」

卡洛琳轉過身來，把茶杯遞給她。「只是攪拌一下檸檬，」她說，「讓它的味道滲進去。」她們端著茶杯走出廚房。「我會告訴你我後背的問題，」卡洛琳帶路朝陽臺走去的時候說，「你得先告訴我你覺得這茶怎麼樣。是橘子花。」

瑪麗把茶杯放在陽臺的矮牆上，到室內拿了兩把椅子來。她們又像先前那樣坐下，面向大海和附近的小島，不過沒有上次舒服，兩人中間也少了張桌子。因為這次坐的椅子高了一點，瑪麗能看到她跟柯林看到卡洛琳時所站立的那區碼頭；卡洛琳像敬酒般舉起了茶杯。瑪麗喝了一口，儘管酸得她噘起了嘴唇，她還是說這茶相當提神。她們倆默默地喝著茶，瑪麗堅定而又期待地看著卡洛琳，卡洛琳則偶爾從膝上抬起眼睛，緊張地對瑪麗微微一笑。當兩杯茶都喝光了時，卡洛琳突然間說了起來。

「羅伯特說他跟你們提起過他的童年。他其實誇張了許多，把他的過去變成了適合在酒吧講的故事，不過再怎麼說，他的童年也夠怪異的。我的童年則既幸福又無趣。我是獨生女，我父親為人非常溫厚，對我溺愛有加，他說什麼我都會照做。我跟我母親很親密，就像一對姐妹，我們倆都盡心竭力要照顧好爸爸，『做好大使的賢內助』是我母親的座右銘。我嫁給羅伯特時才二十歲，對性愛一無所知。直到那時，就我的記憶而言，我連任何性方面的感受都未曾有過。羅伯特已經有了些經驗，所以歷經一場糟糕的開端以後，性意識也在我身上覺醒了。一切都很好。我努力想懷孕。羅伯特一心想成為父親，一心想生幾個兒子，可是一無所獲。有很長一段時間，醫生都認為是我的問題，最後才發現是羅伯特，他的精子出了什麼問題。對此他非常敏感。醫生說我們應該繼續嘗試。不過到了那時，有些事就發生了。你是我頭一個傾心相告的人。我現在都不記得第一次是怎麼發生的，或者我們當時對此是怎麼想的。我們肯定討論過，不過也可能提都沒提。我不記得了。羅伯特在我們做愛的時候開始傷害我。並不是很嚴重，不過也夠我大哭小叫的。我想我也曾努力想制止他。有天晚上，我真的生了氣，可他還是繼續這麼做，而我也不得不承認，雖說花了很長時間才承認，我喜歡這樣。你也許覺得很難理解。並不是疼痛本身，而是疼痛的事實，在它面前完全無助，被它征服得一無是處。是在一種特定情境下的疼痛，是被懲罰因而自覺有罪。我們倆都喜歡這種情況。我為自己感到羞愧難當，而在我明確意識到這一點之前，我的羞愧也已成為快感的另一個源泉。那感覺就好像我發現了某種與生俱來的東西一樣。我不知滿足，想要的越來越多。我需要它。羅伯特開始真正地傷害到我了。他用的是皮鞭。他在跟我做愛時用的是拳頭。我害怕了，但恐怖與快感又一體兩面地共存。他在我耳畔說的不是甜言蜜語，他低聲咆哮的是純粹的痛恨，儘管我厭惡這種羞辱，卻又同時興奮到昏死過去的程度。我不懷疑羅伯特對我的仇恨。那不是演戲。他是出於深刻的嫌惡才跟我做愛的，而我又無法抗拒。我愛死了被他懲罰。

「我們就這樣繼續好一段時間。我全身遍佈青紫、傷口和鞭痕。我斷了三根肋骨。羅伯特打飛我一顆牙齒。我有根手指也斷了。我不敢去探望父母，羅伯特的祖父一死我們就搬到這裡來了。對於羅伯特的朋友而言，我不過是又一個遭到毆打的妻子，這話也沒錯。沒有人大驚小怪。這還讓羅伯特在常去喝酒的幾個地方挺有面子的。我一旦獨處一段時間，或者從家裡出去跟普通人做些普通事以後，我們所做的事之瘋狂，還有我竟予以默許的事實，就會讓我毛骨悚然。我不斷地告訴自己必須退步抽身。可是一旦我們重新待在一起，那些瘋狂的事情就再度變成不可避免、甚至合乎邏輯的了。我們倆誰都無法抗拒這個。而且最先啟動的經常是我，這事做起來一點都不難。羅伯特一直都渴望把我的身體打成肉醬。我們已經到達了一直以來就奔向的終點。有天夜裡羅伯特坦白說，他真正想做的只剩下唯一的一件事——他想殺了我，在我們做愛的過程當中。他說這話絕對是認真的。我記得第二天我們刻意去一家餐廳用餐，想把這件事一笑置之。然而這個主意還是不斷地繞回來。就因為有這種可能性懸在我們腦中，我們做起愛來再也不像從前。

「有天夜裡，羅伯特喝了整晚的酒之後回到家裡，我才剛入睡。他上床來，從背後抱住我。他低聲說要殺了我，不過他之前也這麼說過好多次。他用前臂摟住我的脖子，然後在我後腰的位置向前猛推，同時又把我的頭向後猛拉。我疼得昏厥過去，不過我在昏迷之前記得自己還在想：事情真的要發生了。現在我不能食言了。當然，我想被他毀滅。

「我的背斷了，在醫院裡住了好幾個月。我再也不能正常地走路，部分原因也是手術做得不成功，雖說其他的醫生都說手術極為成功。他們都是互相掩護的。我不能彎腰，兩條腿和髖關節都有痛感。下樓對我來說非常困難，上樓則是根本不可能。更諷刺的是，令我唯一舒服的姿勢是平躺著。等到我出院的時候，羅伯特已經用他祖父的錢買下了那家酒吧，生意相當成功。這星期他就要把酒吧賣給那個經理了。我出院時，打定主意我們得明智點了。我們為發生的事情震驚不已。羅伯特把全副精力都投到酒吧裡，我則待在家裡每天做好幾個鐘頭的物理治療。不過當然了，我們都無法忘記我們經歷的一切，也不能停止對它的渴念。我們畢竟是一丘之貉，這個念頭，我指的是死亡，絕不會因為我們認為必須把它拋棄它就會自動離開。我們不再談論它，它是不可能談論的，可是它從各方面以不同的方式顯露出來。當物理治療師說我恢復得差不多了，我就自己出去過一次，只是在街上走走，重新做回普通人罷了。待我回家時才發現我根本上不了樓梯。只要把重量放在一條腿上，一用力就會劇痛難當，像遭到了電擊。我只能在院子裡等著羅伯特回來。他回來以後，說我未經他同意就擅自離開家完全是我的錯。他對我說話的口氣就像我是個小孩子。他不肯幫我上樓，也不讓任何一位鄰居靠近我。你會覺得這簡直難以置信，可我真的整夜都待在外頭。我坐在門口努力想睡一會兒，整夜我都覺得能聽到人們在各自的床上打鼾。早上羅伯特把我抱上樓去，自從我出院以來，我們頭一次做了愛。

「我成了個實際上的囚犯。我任何時候都能離開家，可永遠沒把握是不是還能回得來，最終我放棄了。羅伯特付錢給一位鄰居幫我做所有採購的雜事，我已經有四年幾乎足不出戶。就這麼照看著這些傳家寶，羅伯特的小型博物館。他對他父親和祖父一直念念不忘。我還在這兒佈置了這個小花園。一個人消磨了很多的時間。情況也沒多糟。」卡洛琳停下話頭，目光銳利地看著瑪麗。「你能理解我所說的這一切嗎？」瑪麗點點頭，卡洛琳又緩和了下來。「很好。你能明白我說的這一切，對我而言非常重要。」她伸手撫弄著陽臺矮牆上一棵盆栽巨大、光澤的葉子。她把一片枯葉拉下來，任由它掉到樓下的院子裡。「既然，」——她又開口道，可是並沒有把話說完。

太陽已隱沒在她們身後的屋頂後頭。瑪麗打了個寒顫，強壓下一個呵欠。「我沒有讓你覺得厭煩。」卡洛琳說。更像是陳述事實，而非詢問。

瑪麗說她並沒有覺得厭煩，解釋說是長距離的游泳、在太陽底下的小憩和餐館裡的飽食讓她覺得昏昏欲睡。然後，因為卡洛琳仍舊專注地、若有所盼地望著她，她就又加了一句：「現在呢？回家能有助於你更加獨立嗎？」

卡洛琳搖搖頭。「這話等羅伯特和柯林回來以後再說。」她又開始問了瑪麗一連串有關柯林的問題，有些之前問過了。瑪麗的一雙兒女喜歡他嗎？他對他們又是否有特殊的興趣？柯林認識她前夫嗎？瑪麗每次給出簡短、禮貌的回答後，卡洛琳都點點頭，像是在逐項核對一份清單上的各個項目。

當她頗為出人意料地問起她跟柯林是否也做過「奇怪的事情」時，瑪麗好脾氣地對她微微一笑。「抱歉。我們都是非常普通的人。這個還請你切勿懷疑。」卡洛琳沉默下來，目光緊盯著地面。瑪麗俯身碰了碰她的手。「我不是有意冒犯。我跟你還沒熟到那個程度。你有話要說，於是你說了，這很好。我並沒有強迫你。」瑪麗的手在卡洛琳的手上放了幾秒鐘，輕輕地捏著。

卡洛琳閉上眼睛。然後抓住瑪麗的手，盡她所能迅速地站起來。「我想給你看點東西。」她費力地站起來說。

瑪麗也隨之站了起來，部分是為了幫她站直。「是柯林站在那邊嗎？」她說，指著碼頭上一個孤獨的身影，越過一棵樹的樹冠剛剛能看到。

卡洛琳看了一眼，聳了聳肩。「我得戴上眼鏡才能看得那麼遠。」她朝房門轉過身去，仍舊握著瑪麗的手。

她們穿過廚房走進主臥室，因為百葉窗關上，房間裡半明半暗。儘管卡洛琳講了那麼多發生在這裡的奇聞，這裡也不過是個光禿禿的普通房間，沒什麼出奇的。跟陳列室對面的那間客房一樣，有一扇裝有百葉窗的門通向一個瓷磚貼面的浴室。床非常大，沒有床頭板也沒有枕頭，蒙著淡綠色的床單，摸起來很平滑。

瑪麗在床邊坐下來。「我腿有點疼。」她說，更像是自言自語，而非對著正在打開百葉窗的卡洛琳說。房間內浴滿向晚的日光，瑪麗突然意識到，跟窗戶毗鄰的那面牆，也就是她背後跟床面平行的那面牆上，有一塊蓋著厚毛氈的厚木板，上面貼滿無數照片，相互疊加，活像一幅拼貼畫，大部分是黑白的，還有幾張拍立得彩色快照，拍的全都是柯林。瑪麗順著床面移動，以便看得更清楚些，卡洛琳走過來，靠著她坐下。

「他真漂亮，」她柔聲道，「羅伯特偶然在你們第一天抵達的時候看到了你們倆。」她指著一張柯林站在一只手提箱旁的照片，他手裡拿著一份地圖。他正轉頭跟某個人說話，也許就是照片外的瑪麗。「我們倆都覺得他真是漂亮。」卡洛琳伸出手臂摟住瑪麗的肩膀。「羅伯特那天拍了很多照片，不過這是我看到的第一張。我不可能忘記的。就在那張地圖上面。羅伯特回來的時候興奮莫名。後來，他又把更多照片帶回家——」卡洛琳指著這整塊面板，「我們又越來越親近了。把它們掛在這兒是我的主意，這樣我們只要一抬頭就能盡收眼底。我們會在這裡一直躺到早上，商量著各種計畫。你不會相信我們規劃了多少計畫。」

卡洛琳說話過程中，瑪麗撫弄著雙腿，有時按摩，有時是抓癢，同時研究著上週拍的這幅拼貼畫。有些照片她一看就能想起當時的情形。有幾張拍的是陽臺上的柯林，比那張粗顆粒的放大照片都要清楚。有幾張柯林走進旅館的照片，還有一張是他獨自一人坐在咖啡館的浮船塢上，有一張是柯林站在人群中，腳邊有幾隻鴿子，背景有那座巨大的鐘塔。有一張是他全身赤裸躺在床上。另外一些就不太容易記起了。有一張是晚上拍的，光線很暗，拍的是柯林和瑪麗正穿過一個杳無人跡的廣場。在前景裡還有一條狗。在部份照片中，柯林是一人獨處，而在更多其他照片中，經過放大裁切後只剩下瑪麗的一隻手或手肘，要嘛就是剩下一小塊毫無意義的臉。所有照片放在一起，好像把柯林每一種慣常的表情統統凝固下來，他那有些困惑的蹙額，噘起來準備說話的嘴唇，充滿柔情蜜意的眼睛。每張照片都捕捉到，而且像是刻意炫耀，柯林那張脆弱臉龐的不同面向——眉尖相連，眼窩深陷，薄唇間的牙齒閃閃發亮。「為什麼？」瑪麗終於說。她的舌頭又厚又沉，擋住話語的去路。「為什麼？」她更加堅決地又重複一遍，可是因為她突然間明白了答案，這個詞語脫出口時竟變成耳語。卡洛琳更緊實地摟住瑪麗，繼續往下說。「後來羅伯特居然把你們帶回家。簡直如有神助。我走進你們的房間。這件事我從來就沒隱瞞過你。那時我知道，夢想就要成真了。你可曾有過這樣的經歷？簡直就像是走進了鏡子裡。」

瑪麗的眼皮沉重地壓下來。卡洛琳的聲音漸漸遠去。她硬撐著要把眼睛睜開並試圖站起來，可是卡洛琳的手臂卻緊緊地箍住了她。她的眼皮再次壓落，口中唸著柯林的名字。但她的舌頭太沉重了，在發「林」這個音時怎麼也抬不起來，需要好幾個人，好幾個自己的名字不帶「林」字的人幫忙才能挪動她的舌頭。卡洛琳的話裡話外說的都是她，沉重、沒有意義，就像翻滾而下的石頭砸上瑪麗的腿。卡洛琳拍打著她的臉，她漸漸醒過來，卻像進入歷史的另一個時空。「你睡著了，」她說，「你睡著了。你睡著了。羅伯特和柯林回來了。他們正等著我們呢。現在就走。」卡洛琳把她拉起來，將瑪麗無助的手臂搭在她肩膀上，扶她走出了房間。

10

三個窗戶全部敞開，陳列室在午后陽光的照射下燦爛明亮。羅伯特背朝窗戶站立，正耐心地拆掉手中香檳酒瓶頸上的鐵絲罩。腳下是撕開揉皺的包裝金箔紙，柯林就站在他旁邊，兩個香檳酒杯已經備好，仍在承受房間裡洞穴般的空曠。兩個女人從臥室進來時，兩個男人都轉過身來點頭致意。瑪麗鎮定下來，邁著笨拙的碎步走進，一隻手搭在卡洛琳肩上。

兩個女人，一個痛苦地瘸行，另一個夢遊般腳步拖遝，朝那張臨時湊合的桌子走去時都顯艱難而緩慢，柯林朝她們倆走了幾步，喊道：「你怎麼了，瑪麗？」此時軟木塞砰的一聲，羅伯特尖聲叫著要酒杯。柯林退回去把酒杯遞過去，同時焦慮地轉頭看瑪麗。卡洛琳正把瑪麗安頓在僅剩的兩張木椅子之一，調整了一下，讓她面對兩個男人坐好。

瑪麗張開嘴唇，盯著柯林。他正朝她走去，手裡是杯斟滿的香檳，像電影中的慢動作。他背後明媚的日光點亮了散亂的髮絲，他的臉上，比她自己的臉都更要熟悉，寫滿關心和憂慮。羅伯特把酒瓶放在他的餐具櫃上，跟在柯林後頭穿越房間。卡洛琳筆直地站在瑪麗的椅子旁邊，就像個陪侍的護士。「瑪麗，」柯林說，「到底怎麼了？」

幾個人擠成一圈。卡洛琳把手掌貼在瑪麗的額頭上。「有點輕微中暑，」她平靜地道，「沒什麼好擔心的。她說你們游了好久的泳，還在太陽底下躺著。」

瑪麗的嘴唇動了動。柯林握住她的手。「她身上並不熱。」他說。羅伯特退到椅子後方，伸出手臂摟住卡洛琳的肩膀。柯林緊緊握著瑪麗的手，探詢地望著她的臉。她的兩隻眼睛，渴望地，或者說絕望地回盯著他的雙眸；一顆淚珠突然湧出，滑落到她的臉頰上。柯林用手指為她抹去。「你病了？」他低聲道。「是中暑了？」她閉了一下眼睛，只是把頭左右搖晃一下。一絲微弱到不行的聲音，幾近於一次呼吸，從她嘴唇中溢出。柯林俯身緊靠著她，把耳朵湊到她嘴邊。「告訴我，」他催促道，「試著跟我說。」她猛烈地吸了一口氣，屏息幾秒鐘，然後從喉嚨深處發出一個斷續的、艱難的「柯」音。「你在叫我的名字？」瑪麗把嘴巴張得更大了，飛快地喘氣，幾乎是上氣不接下氣。她死命地抓著柯林的手。再次猛烈地吸氣、屏息，再次發出那個恍惚的、艱難的「柯」音。她把音調放緩後又重複了一遍。「快……快。」柯林把耳朵更近地貼到她嘴唇上。羅伯特也俯身下來。又經過一番巨大的努力後，她艱難地發出「茲……茲」的音，然後耳語說：「走。」

「冷，」羅伯特說，「她覺得冷。」

卡洛琳堅決地推了推柯林的肩膀。「我們不該都擠在這兒。這並不能讓她覺得舒服點兒。」

羅伯特把他的白色夾克拿來，披在瑪麗的肩膀上。她仍舊緊緊地拉住柯林的手不放，她抬起臉朝向他，眼睛探詢地望著他的臉，看他是否明白了她的意思。「她想走，」柯林絕望地道，「她需要看醫生。」他硬把手從瑪麗的手裡抽出來，輕輕地拍了她的手腕。她看著他在房間裡毫無目的地徘徊。「你們的電話呢？你們一定有電話。」他的聲音裡透露出明顯的恐慌。羅伯特和卡洛琳，兩人仍舊緊靠在一起，跟在他後面，擋住了她的視線。她再次努力發出一個聲響；可是喉嚨軟綿綿的絲毫起不了作用，她的舌頭有如千斤重，壓在嘴裡動彈不得。

「我們要走了，」卡洛琳安慰地說，「電話切斷了。」

柯林原本在中間的窗戶前面打轉，現在背靠羅伯特的餐具櫃停止住。「那就去請個醫生來。她病得很厲害。」

「沒必要大喊大叫，」羅伯特平靜地說。他和卡洛琳朝柯林逼近。瑪麗可以看到他們倆如何手拉著手，他們的指頭如何緊扣在一起，又是如何以快速、激情的小動作相互愛撫。

「瑪麗會沒事的，」卡洛琳說，「她喝的茶裡加了點特別的東西，不過她會沒事的。」

「茶？」柯林遲鈍地重複著。當他在他們倆的進逼下向後退縮時，手肘碰到桌子，把香檳酒瓶打翻了。

「真是浪費。」當柯林迅速轉身把瓶子扶正的時候，羅伯特說道。羅伯特和卡洛琳繞過地板上那灘酒跡，他朝柯林伸出手臂，看似要用拇指和食指捏住他的下巴。柯林把頭向後一仰，又退了一步。他背後就是那扇敞開的窗戶。瑪麗可以看到西邊的天空正漸漸暗沉下來，高掛的雲絲緩緩轉型為瘦長、纖細的手指，像是為了指向太陽註定西沉的方向。

夫妻倆現在已經分開，從兩側向柯林逼近。他直勾勾地望著瑪麗，而她所能做的一切不過是張開她的嘴唇。卡洛琳已經把手放在柯林胸上，一邊撫摸一邊說：「瑪麗完全理解。我跟她解釋了一切。私底下，我覺得你也完全理解。」她把他的T恤從牛仔褲裡拉了出來。羅伯特把伸出的手臂撐在牆上，跟柯林的頭平齊，整個把他框住。卡洛琳正愛撫著他的腹部，用手指輕捏著他的皮膚。瑪麗所能直視的雖說只有室外的光亮，而窗邊三人襯著天空所形成的一組剪影，卻讓她清清楚楚地，看到了每一個動作裡確切無疑的淫猥意味，看到了私密性幻想中的每個細微之處。因她所見到而帶來的強烈衝擊，榨乾了她言語和動作的能力。羅伯特空下來的那隻手正在探詢柯林的臉，用手指將他的嘴唇掰開，撫摸著他鼻子和下巴的曲線。有整整一分鐘時間，柯林呆若木雞地站著，動也不動，毫無反抗，因絕對的茫然不解而動彈不得。只有他的臉色，由迷惘和恐懼，最後變成困惑和努力的搜索枯腸。他的目光仍直定定地與瑪麗相連。

白日將盡時通常會有的那種喧鬧，從熙攘的街道上湧升——人聲、廚房裡鍋碗瓢盆的碰撞、電視機的嘈雜——反倒加深而非填滿了陳列室裡的靜默。柯林的身體開始繃緊。瑪麗可以看出他兩腿顫抖，和胃部一陣抽緊。卡洛琳發出「噓噓」的聲音示意他放鬆，她伸出手來放在他心臟的正下方。就在那一刻，柯林突然縱身一躍，兩條手臂向前伸出，就像個跳水運動員，用前臂砰的一聲把擋了他去路的卡洛琳的臉撞開，抓住羅伯特的肩膀，一拳打得他退後一步。柯林穿過兩人的間隙朝瑪麗奔去，手臂仍舊往前伸，彷彿他可以一把將她從椅子上拉起來，跟她一起飛到安全的地方。羅伯特及時醒神，朝前猛地一撲，抓住柯林的腳踝，將他摔倒在地，離瑪麗的椅子只有幾步之遙。他掙扎著要站起來，卻被羅伯特擒住手腳，將他半扛半拖回卡洛琳身邊，那女人正捂著自己的臉。在那兒他把柯林一把拉住，朝牆上猛撞，把他扣在那裡，用碩大的手緊掐住柯林的喉嚨。

現在，這三人又在瑪麗面前恢復到跟原來很相像的位置。沉重的呼吸聲逐漸平復下來，外面的聲響再次湧入，襯托出房間裡的龐大靜默。

羅伯特終於平靜地說：「這完全沒有必要，不是嗎？」他手底掐得更緊了。「不是嗎？」柯林點了點頭，羅伯特把手鬆開。

「你看，」卡洛琳說，「你把我嘴唇都撞破了。」她把下唇的血跡匯集到食指上，然後把血塗抹在柯林的嘴唇上。他並沒有抗拒。羅伯特的手仍放在他脖子靠近喉嚨的地方。卡洛琳又往指尖上塗了更多她自己的血，直到把柯林的嘴唇塗抹得猩紅欲滴。接著，羅伯特用前臂緊緊壓住柯林的上胸，深深地吻在他的嘴唇上，當他這麼做時，卡洛琳就用手撫摩著羅伯特的後背。

他直起身子，柯林大聲地吐了好幾口唾沫。卡洛琳以手背擦掉他下巴上粉紅的口水痕跡。「傻孩子。」她低聲道。

「你們給瑪麗吃了什麼？」柯林語氣平穩地說，「你們想要什麼？」

「想？」羅伯特說。他從餐具櫥裡取出一樣東西，不過他用手護著，瑪麗看不出是什麼。「『想』可不是個很好的字眼。」

卡洛琳開心地大笑。「『需要』也不是。」她從柯林身邊後退一步，轉頭看著瑪麗。「還醒著呢？」她叫道，「還記得我告訴你的一切嗎？」

瑪麗正仔細地觀察羅伯特緊扣在手裡的東西。突然那東西暴長出一倍，這下她看得清清楚楚了，雖然她身上的每一塊肌肉都緊繃起來，可是只有她右手的手指能軟綿綿地握起來。她大喊，再次大喊，發出來的不過只是一聲歎息。

「你們想要什麼我都答應，」柯林說，他聲音裡常見的平穩語調全然不見，因恐慌而尖銳起來，「但是求你們為瑪麗找個醫生。」

「很好。」羅伯特說著便抓住柯林的手臂，把他的手掌轉過來朝上。「看看這有多容易，」他說著，也許是自言自語，邊說邊用剃刀輕輕地、幾乎是開玩笑地在柯林的手腕上一劃，把動脈整個切開。柯林的手臂猛地往前一伸，他噴射而出的黏稠血線，在暮光下呈現濃豔的橙紅色，灑落在距離瑪麗的膝前僅有幾寸之遠。

瑪麗閉上了眼睛。再次睜開時，柯林已跌坐在地板上，靠著牆，兩條腿呈八字形前伸。奇怪的是，他的帆布鞋被血浸透，染成了猩紅。他的頭在肩膀上搖擺，眼神卻堅定而又清純，帶著難以置信的神氣穿過房間目光灼灼地注視著她。「瑪麗？」他焦急地叫道，就像一個人在漆黑屋子裡喊人似的。「瑪麗？瑪麗？」

「我就來，」瑪麗說，「我就在這兒。」

當她再次甦醒，經過了一場似乎永無止盡的睡眠，只見他的頭斜倚在牆上，身體已經瑟縮起來。他的眼睛仍舊睜開，仍舊望著她，疲憊不堪，沒有任何表情。她隔著很遠的距離看見他，即便她的視覺將其他所有的一切都排除在外，她看到他坐在一個小水潭前，水潭被透過百葉窗投影的條紋菱形光柱給映紅了，百葉窗現在已經拉下了一半。

在接下來的整夜裡，她不斷夢見嗚咽和哀告，還有突兀的喊叫，夢到幾個人形鎖在一起並在她腳下翻滾，在血泊裡蠕動，尖聲渴求著一絲喜悅。她被背後陽臺上緩速升起的太陽喚醒，日光穿透玻璃門曬暖了她的頸背。已經過去很長、很長的時間，因為地板上留下的雜遝痕跡而今變成鐵鏽色，門邊放著的行李也不見了。

在登上通往醫院的碎石車道前，瑪麗停下腳步，在門房的陰影裡休息了一會兒。她身邊那位神態疲憊的官員很有耐心。他把公事包放下，取出太陽眼鏡，又從胸前的口袋裡掏出一塊手帕擦拭鏡面。一些女攤販正組裝著各自的貨攤，準備迎接早上最早的一批訪客。一輛破爛不堪的鐵皮貨車，正在將鮮花分送給各個賣花人；更近一些的地方，有個女人從一個航空公司用的大旅行提袋裡拿出十字架、小雕像和祈禱書，把它們擺在一張折疊桌上。遠處，醫院的門前，一位園丁在為車道灑水，把塵土壓落。那位官員清了清嗓子。瑪麗點點頭，他們再度出發。

一個已然明顯的事實是：在這個擁擠、混亂的城市，遮蔽著一個興旺而複雜的官僚機構，一種由職能既分離又重合、程序和階層各不相同的政府部門構成的隱藏秩序；她曾在街上經過無數次的某些毫不張揚的門面，通往的並非私人住家，而是空蕩蕩的候見室，掛著火車站那類的大鐘，聽得到持續不斷的打字聲，或者是狹窄的、鋪著棕色地毯的辦公室。她受到盤問、反詰，被反覆拍照；她要口述各種聲明、簽署各類文件，還要辨認無數張照片。她拿著一個封口信封從一個部門跑到另一個部門，又重新被盤問一遍。那些身穿運動夾克、神態疲憊的年輕官員——也許是警察，或者文職公務員——待她很客氣，他們的上司也是一樣。一旦她的婚姻狀況得以澄清，再加上她一雙兒女都在幾百英里外，尤其是她面對無數次的盤問以來，一直堅稱她從來沒打算跟柯林結婚，大家對她的態度就變得既客氣又懷疑了。她顯然也成為一個訊息來源，而非他們關切的對象。

不過，同情搞不好會壓垮她。實際上，她驚駭不已的狀態被拉長了，她的各種情感簡直全都付之闕如。要她做什麼她就完全照做，毫無怨言，問什麼她都一五一十地回答。她這種缺乏自覺情感的表現更加重了別人對她的懷疑。在助理法官的辦公室裡，人家還恭維她的陳述如此精確而又富邏輯的一貫性，完全避免了容易導致歪曲真相的感情用事。那位官員冷冷地總結道：「根本就不像個女人的陳述。」她身後還發出幾聲竊笑。雖說他們毫無懷疑，也並不相信她犯下了任何罪行，大家對她的態度仍像是她已經被助理法官本人判定——而且刻意翻譯給她聽的「肆無忌憚的淫亂」——給玷污了。在他們的盤問後隱藏著這樣一個假設——抑或不過是她的想像？——她出現在這種犯罪當中，在他們看來實屬理所當然，就像一個縱火犯出現在別人縱火的現場。

同時呢，他們向她描述這次犯罪時，又彬彬有禮地將它當作司空見慣的無聊瑣事般，歸入一個既定類別當中。這個特別的部門在過去十年間已經處理過好幾宗這種犯罪，當然細節上或有所不同。一位制服筆挺的高級警官在候見室為瑪麗端來一杯咖啡，緊靠著她坐下來後，為她解釋了幾點此類犯罪的基本特徵。比如，受害者由加害者公然展示，並且顯然對他有身分上的認同。還有，加害者在準備工作上的兩面性；一方面是細心周到——他扳著指頭一一細數如偷拍照片、準備好麻醉藥、把公寓裡的傢俱都賣掉，還有事先把行李都收拾好等事；而另一方面又是任性胡為——他再次一一列舉——像是把剃刀留下、預訂航班以及持合法的護照旅行。

這位警官的列舉還要更長，不過瑪麗已無心思去聽了。他最後輕拍著她的膝蓋作了總結，對於這些人來說，好像被抓住、受到懲罰，跟犯罪本身同樣重要。瑪麗聳了聳肩。這些「受害者」、「加害者」、「犯罪本身」等等字眼都毫無意義，根本不能說明任何問題。

她在旅館房間裡把衣服疊好，放進它們各自所屬的箱子。因為柯林的行李箱還有點多餘的空間，她就把她的鞋子和一件棉布夾克塞進了柯林的衣物當中，一如當初他們來的時候一樣。她把手裡的零錢都給了那位幫他們打掃房間的女服務生，把那幾張一直沒有寄出的明信片夾在護照的最後幾頁中。她把剩餘的大麻都碾碎，扔到洗手台裡沖掉。傍晚的時候她跟兩個孩子通了電話。他們都很友善，但也很疏遠，好幾次要她再重複一遍說過的話。她能聽到在他們那頭開著電視，而在她這邊，她聽到自己的聲音透過聽筒傳過去，一心想騙得同情和關愛。她前夫過來聽電話，說他正在做咖哩飯。她星期四下午會來接孩子嗎？她能不能更精確一點？打完電話以後，她在床邊坐了很久，閱讀機票上那些小字印刷的附屬細則。她聽到外面傳來機床持續切割金屬的聲音。

在醫院門口，制服警衛的目光越過她頭頂草草地朝那位官員點了點頭。他們走下兩段樓梯，然後沿一條涼爽、冷落的走廊往前走。每隔一段距離，牆上都裝有紅色消防軟管的滾筒，滾筒下面是一桶桶沙子。他們在一道有面圓窗的門前停下來。官員請她稍等，先走了進去。半分鐘後，他為她打開門。他手上拿著一疊文件。房間很小，沒有窗戶，卻有濃重的香水味。由一根螢光燈照明。有一道雙開式彈簧門，上面也有圓窗，通向一個更大的房間，可以看到有兩排帶罩的照明燈管。橫在房間當中的，就是支撐著柯林的一條又窄又高的長凳，旁邊還擺著一張木椅。柯林仰面躺著，蓋著床單。那位官員熟練地把床單撩開，朝她瞥了一眼；當著屍體和官員的面，做了正式的身分確認。瑪麗簽了字，官員歎了口氣，識趣地悄悄退下。

過了一會兒，瑪麗在椅子上坐下，把手放在柯林的手上。她想要解釋一下，想跟柯林說說話。她想把卡洛琳的故事講給他聽，儘量地不走樣，然後她還想把所有這一切都解釋給他聽，告訴他她的理論，在這個階段當然還只是種假設，它解釋了想像，性的想像，男性施加傷害的古老夢想，以及女性遭受傷害的夢想，是如何體現並揭示了一種強而有力的單一組織原則，它扭曲了所有的關係，所有的真相。最終她什麼都沒解釋，因為有個陌生人把柯林的頭髮梳錯方向了。她用手指幫他把頭髮整理好，什麼都沒說。她握住他的手，撫弄著他的手指。她好幾次想呼喊他的名字，卻終究沒有發出聲音，彷彿複誦能將意義還給詞語，並能使它的指示對象起死回生。著急的官員在圓形的窗洞上出現過幾次。一個小時後他帶著一位護士走進房間。他站在瑪麗坐的椅子後面，那位護士像對待一個孩子般低聲細語，把瑪麗的手指從柯林的手指上掰下來，帶著她朝門口走去。

瑪麗跟在官員後面，沿著走廊往外走。上樓梯時，她注意到他鞋子的鞋跟已經磨損得高低不平了。日常事物在一瞬間占了上風，她驀然感到一絲早就等在一旁的悲痛。她大聲清了喉嚨，自己的聲音驅走了那種感受。

年輕的官員比她先踏進明亮的陽光中，停下來等她。他放下公事包，調整一下漿硬的白色襯衫袖口，彬彬有禮地略一鞠躬，表示願意陪她走回旅館。

譯後記

馮濤

伊恩・麥克尤恩自一九七五年以驚世駭俗的《初戀異想》（*First Love, Last Rites*）初登文壇，至二〇〇七年以溫情懷舊的《卻西爾海灘》（*On Chesil Beach*）回顧自己這代人的青春歲月，匆匆走過三十幾年的小說創作歷程，他自己也已經由挑戰既定秩序、倫理的文壇「壞孩子」、「恐怖伊恩」（Ian Macabre）漸漸修成正果，由邊緣而中心，如今竟儼然成為英國公認的「文壇領袖」、「國民作家」（national author），將馬丁・艾米斯（Martin Amis, 1949-）、朱利安・拔恩斯（Julian Barnes, 1946-）等鼎鼎大名的同輩作家都甩到了後面。

儘管麥克尤恩的創作一直跟「人性陰暗面」、「倫理禁忌區」和「題材敏感帶」聯繫在一起，他的運道其實一直都不錯。從一開始，讀者和評論界就都很買他的帳，哪怕是批評，也是將他的作品當作真正的文學創作嚴肅對待。這一點實在意味深長。麥克尤恩三十幾年的文學創作有一以貫之的線索，也幾經轉向和突圍，作家關注的主題和表現出來的態度都有過巨大的改變。剛慶祝過六十歲生日的麥克尤恩正漸入佳境，此時對作家做任何定論都嫌唐突，不過僅就麥克尤恩已經完成的十部長篇〔《水泥花園》（*The Cement Garden*）、《陌生人的慰藉》、《時間中的小孩》（*The Child in Time*）、《無辜者》（*The Innocent*）、《黑犬》（*Black Dogs*）、《愛無可忍》（*Enduring Love*）、《阿姆斯特丹》（*Amsterdam*）、《贖罪》（*Atonement*）、《星期六》（*Saturday*）和《卻西爾海灘》〕，及兩部短篇小說集〔《初戀異想》、《床笫之間》（*Between The Sheets*）〕而言，評論界公認他已經成就了《水泥花園》和《陌生人的慰藉》兩部「小型傑作」、《無辜者》和《贖罪》這兩部「傑出的標準長度」的長篇小說，其餘作品至少都是「非常優秀」的佳作。

「小型傑作」之一的《陌生人的慰藉》（*The Comfort of Strangers*）出版於一九八一年，跟先前的《水泥花園》（1978）一樣，是典型的「恐怖伊恩」時期代表作，著力探索的是變態性愛在人性當中的位置及深層原因。如果說《水泥花園》表現的青春期姐弟亂倫已經是「驚世駭俗」，那麼《陌生人的慰藉》則已經升格為施受虐狂，直至虐殺和姦屍（僅止於暗示），還有一種蓬勃的男同性戀欲望作為托底。說到這裡我得趕緊澄清一句，老麥寫的可絕非烏煙瘴氣的地攤文學，而是具有高度藝術性的文藝小說，他之所以樂此不疲地深挖這些人性黑暗面，並非只是為了獵奇，甚或滿足自己的「嗜痂之癖」，對於人性各個層面的拓展和深挖，正是嚴肅文學最根本的訴求之一。

《陌生人的慰藉》是一部技巧高度純熟、意識高度自覺的小長篇，其敘述聲音的「正式」甚至風格化，使讀者的注意力更多地關注於小說講述的方式，而非小說講述的具體內容。而敘事角度又是講述方式最基本的技巧和最直觀的體現，我們就先來關注一下本書的敘事角度。

小說的敘事角度可分為「內部」和「外部」兩大類，體現在敘述人稱上分別對應「第一」和「第三」人稱。《水泥花園》採用的是第一人稱的、完全限定於主人翁傑克的內部視角敘事。相比而言，《陌生人的慰藉》敘事策略則要複雜得多。首先，它當然是「外部視角」也即第三人稱的敘事，大部分採用的是所謂「有限的全知視角」，即敘述者並非全知全能，而是通過某個人物的視角展開敘事。具體說來，小說在很大程度上是通過柯林和瑪麗的思維和視角交替呈現的，而兩人當中我們更多的又是通過瑪麗的眼睛來看——這一點意味深長，因為，怎麼說呢，傳統上更多的是由男性角色來看，女性被看。「看」與「被看」也是一種權力／欲望關係的體現，一般是男性來看女性，女性挑起男性的欲望。可是在這部小說中，對柯林的面容和身體最細緻入微的描寫，卻是通過瑪麗的眼睛呈現出來的，而且此時「被看」的柯林全身赤裸，成為一個典型的欲望對象（見第五章）。事實上，整個小說居於中心的欲望對象正是男性的柯林，而非女性的瑪麗和卡洛琳。他在踏上這個城市的第一天，就被羅伯特偶然撞見，從此就成為羅伯特和他妻子卡洛琳的欲望對象，成為這對沉溺於S／M不能自拔、甚至連逐步升級的性虐待，都已經不能使他們得到滿足的夫妻的一劑強心針和不折不扣的催情劑。羅伯特幾乎沒日沒夜地跟蹤柯林，偷拍了無數張柯林的照片，而卡洛琳則出主意將所有這些照片統統掛在臥室裡，成為滿足這對變態夫妻最瘋狂春夢的道具，而且最終春夢成真，終於上演了那齣虐殺和姦淫的恐怖戲劇。瑪麗雖「也很漂亮」，而且相當「chic」（很潮、很時髦），可在這部瘋狂淫亂的大戲當中幾乎根本沒有她的位置，羅伯特和卡洛琳將出現在偷拍照片中的瑪麗形象全部剪去，只留下柯林，再清楚不過地表明了他們欲望所指的對象根本就與瑪麗無關。在真正上演那齣蓄謀已久的虐殺和姦淫活劇的時候，他們給瑪麗安排的角色也只是旁觀，當然，在有第三者旁觀的情況下顯然也會加倍刺激——事實上，「旁觀者」也正是瑪麗在整部小說中充當的角色，整個故事大體上就是通過瑪麗的視角所呈現的。

說到柯林被偷拍的情節，作者顯然做了精心鋪排：先是柯林和瑪麗被羅伯特強拉到家裡休息，晚飯後即將告辭的時候，瑪麗注意到書架上有張經過放大、顆粒已經很模糊的照片，她看了幾秒鐘後就被羅伯特要回去。然後在旅館裡跟柯林接連纏綿了三天後，瑪麗一大早先到底下的浮船塢咖啡館坐著，柯林在陽臺上招手跟她打招呼——瑪麗突然一陣極度不安：柯林的姿態使她想到了什麼，可具體是什麼又怎麼都想不起來。整整一天瑪麗都心神不寧，直到凌晨時分她大叫一聲從夢中驚醒，才突然想明白：她在羅伯特家裡看到的那張照片拍的竟是柯林！是站在陽臺上的柯林。這一發現具有極強的心理衝擊力，甚至可以說極度驚悚。其強度堪比村上春樹《人造衛星情人》中的「敏」，在摩天輪上透過自己房間的窗戶看到自己在跟一個男人做愛，甚或大衛・林區（David Lynch, 1946-）《驚狂》（*Lost Highway*）中男主角收到的拍攝他們臥室鏡頭的錄影帶。這樣「強大」的發現往往都有致命的後果，《陌生人的慰藉》的主人翁也正是在這一發現之後逐漸走上不歸路。

瑪麗的視角以外還間以柯林的視角，有時與其平行，有時與其交叉，但兩人的視角幾乎從不重合，這使兩人看似親密無間的關係顯得可疑起來，暗示出兩人對世界的接受和認識是相當不同的。這可以理解為兩人實際上貌合神離，也可以解讀為作者本來就對人們之間的相互理解持一種悲觀態度：哪怕親密如柯林和瑪麗者，也終究難以心心相印。在兩人穿越空曠的街道去找尋餐廳，以及從羅伯特的酒吧出來，一直到（尤其是）筋疲力盡地在廣場上等著叫喝的，兩人的貌合神離表現得淋漓盡致。除此之外，柯林的視角有幾處也頗值得關注：先是第一章寫柯林看到一個上了年紀的遊客想給他妻子拍照的插曲，貌似閒筆；再就是第八章瑪麗先下水去游泳以後的情節，全由柯林的眼睛和思維來展現：他對海灘上一攤泡沫中映出的幾十個完美的微型彩虹迅速破滅的觀察，已經有了「美好的東西終將破滅」的暗示，這是繼瑪麗從惡夢中驚醒後，情勢即將急轉直下的再一次氣氛上的渲染。而柯林以為瑪麗出了意外，拚力朝她游去的整個過程雖說有驚無險，但即將發生不測的感覺卻一直如影隨形。通過柯林的視角呈現的最後，也是最重要的一段情節，就是羅伯特只帶柯林一人再度去他的酒吧的全過程，這個過程除了將羅伯特對柯林的欲望明白揭示出來以外，在旅途的終點，還最後一次通過柯林的眼睛重新檢視了一遍周圍這個美妙與凶險並存的世界，雖有些許的歎惋和留戀，更多的還是暗示出對「陌生人的慰藉」的執迷不悔。

羅伯特和卡洛琳這另外一對中心人物的外部形象，我們只能通過瑪麗和柯林的眼睛和思維進行觀察和體味，不過除此之外，作者又分別讓這兩個人物以直接訴說的方式將各自的歷史和盤托出，不惜占據相當大的篇幅。因為這些內容是無法通過瑪麗和柯林的視角予以呈現的，而讀者又必須充分瞭解這些事實，否則就無法理解他們之間S／M關係的由來以及他們對柯林的共同欲望了。羅伯特和卡洛琳這兩段詳盡的自白在基本上是以「有限的外部視角」呈現的整部小說中顯得非常突出，甚至略顯突兀。

小說除了以柯林和瑪麗的視角以及羅伯特和卡洛琳的自白呈現之外，我們還有一個明顯的感覺，即：小說中還有一個超越於所有人物之上的第三人稱的敘述聲音貫串始終。在一部小說中，除非作者刻意為之，讀者很容易跟敘述的聲音產生認同，如果小說是通過某個人物講述或者通過其視角展現的，讀者也就很容易認同這個角色。而這種認同感卻正是《陌生人的慰藉》避之唯恐不及的。小說首先避免通過單一人物的視角呈現出來，不斷地在兩個主要人物瑪麗和柯林之間跳動不居，而且正如我們前面已經提到的，兩人的視角儘管平行、交叉，卻幾乎從不重合。而人物視角以外的這個第三人稱敘述者，又刻意避免認同小說中的任何一個角色，它的語調始終是客觀、不動聲色和就事論事的。即便是像上述瑪麗從惡夢中驚醒，省悟到照片拍的就是柯林這樣關鍵性的「逆轉」，還有兩人受到羅伯特和卡洛琳夫婦的刺激，性生活由原來的漸趨平淡轉而充滿激情這樣的重大事件，那個居高臨下的敘述聲音也始終不肯有絲毫的渲染，絕不肯踏入角色的內心半步，僅限於像個鏡頭般將整個過程呈現出來。

於是，《陌生人的慰藉》這部小長篇複雜精微的敘述方式也就產生了一種複雜精微的結果：一方面，它當然允許讀者進入主要角色的視角，另一方面又持續不斷、堅持不懈地「阻撓」讀者對任何角色產生完全的認同，其結果就是讀者既完全了然，又不偏不倚，對人物爛熟於心卻又不會有任何的「代入」感。張愛玲講「因為懂得，所以慈悲」，麥克尤恩卻既讓你「懂得」，又不讓你去「慈悲」。他不斷地故意讓你感覺到那個客觀的敘述聲音的存在，讓你意識到作者的在場，最終目的就是提醒讀者：你在閱讀的是一部具有高度敘事技巧的藝術作品，而絕非對一場變態凶殺案的大肆渲染甚或客觀公正的報導。

敘事的高度藝術化乃至風格化的結果，如我們前面已經約略提到的，最直接的結果就是導致讀者對於小說是如何講述的興趣蓋過了小說講述的是什麼，對於「怎麼講」的關注超過「講什麼」本是所謂「現代小說」的主要追求之一，具體到《陌生人的慰藉》（以及《水泥花園》等幾部高度風格化的小說），如果深究下去，大約還有如下兩個目的：其一，使小說的意義超出了對這兩對男女之間具體的變態性欲故事的描述，迫使讀者將其放在具有普遍意義的男女關係的大背景下進行觀照，以這個具體案例來探討男權與女權、權力與欲望等重大課題。再有可能就是因為題材本身的「不潔」——以優雅乾淨的文字講述

「變態」、「不潔」的故事已經成了麥克尤恩的招牌，「只此一家，別無分店」。

同複雜的敘事相映成趣的是小說中對「時間」和「空間」非同一般的處理方式。《陌生人的慰藉》中的「時間」同樣集「特別」與「一般」於一身，一方面，故事給人的感覺就發生在當下（大麻啦、瑜伽啦等等），可另一方面又使人隱隱覺得像是在看一個寓言，無始無終。兩對主要角色與時間的關係更是意味深長：柯林和瑪麗就像是乘坐時間機器穿越而來一樣，我們在他們身上看不到絲毫過去的影子——雖然我們明明知道瑪麗離過婚，有兩個孩子，柯林曾想從事演藝事業，而且他們倆在一起已經七年了，但所有這些跟他們當下的行為幾乎沒有絲毫有機的關聯。他們來到這個貌似威尼斯的旅遊勝地本來應該是度假的，可是兩個人既不去觀光又不去購物，整天窩在一家毫無特色的旅館裡彷彿就要天長地久地這麼待下去，只有在餓得不行的情況下才被迫踏上荒涼的街道去找吃的（小說引自切薩雷·帕韋澤的第二段題詞意味深長）。而羅伯特與卡洛琳與時間的關係則正好相反，兩人背負著過去沉重的負擔，作者所以不惜篇幅，分別讓這兩個人以直接引語的形式將自己的過去詳盡地道出。羅伯特那個家庭博物館就正是對於過去和歷史的永誌不忘，可以說沒有過去就沒有這兩個人的現在。柯林和瑪麗受到羅伯特和卡洛琳的誘惑，一步步陷入他們的陷阱以至於柯林終遭慘死厄運的過程，是否可以解讀為：一心想擺脫歷史與時間的努力終於還是被歷史和時間所吞噬，由此而揭示出人面對自己的生存境況的莫可奈何。

小說中的「空間」比「時間」還要有趣。一方面，故事的發生地明顯就是威尼斯，可是作者又從來不肯挑明。除了種種對這個城市的描述讓稍具常識的讀者都認定這是威尼斯以外，作者還特意埋下伏筆，留待有心的讀者去進一步索解。淺顯一些的伏筆例如對瑪麗和柯林待過的那個「巨大的楔形廣場」的描寫（這明顯就是著名的聖馬可廣場），當時兩人饑渴困乏到極點，在這種精神狀態下，周圍的環境遂呈現出夢魘般既切近又荒誕的感覺，就是在這種情況下，柯林跟在瑪麗後面注意到一個嬰兒與大教堂那匪夷所思的滑稽並置，第三人稱的那個敘事者更是引用了「曾有人」對教堂圓頂的描述：「說那拱形的頂端，彷彿在狂喜中碎裂成為大理石的泡沫，並將自己遠遠地拋向碧藍的蒼穹，電光石火、天女散花般噴射而出又凝固成形，彷彿滔天巨浪瞬間被冰封雪蓋，永不再落下。」這個人就是約翰・羅斯金（John Ruskin,1819-1900），這段引文正是羅斯金在其名著《威尼斯的石頭》（*The Stones of Venice*）中對於聖馬可教堂的描述。僅憑這一點，威尼斯的定位似乎就已經確認無疑了，可為什麼作者寧肯曲裡拐彎地去暗示，卻又「抵死」都不肯戳破這層窗紙呢？主要的意圖恐怕還是將小說從特定的地點抽離出來，使其具有更廣泛的意義：這段離奇、變態的故事並非只發生在威尼斯，而是可能發生在任何陌生的所在，發生在任何一個陌生人身上。還有，時至今日，有關威尼斯的文學描寫早已是汗牛充棟，層層累積之後的結果，人們對於這個城市已經形成了一種固定觀念，而麥克尤恩採用這種既暗示又避免明確命名的策略，則既可以引起讀者無數的文學聯想，而又避免了僵硬的程式化定位。

事實上，《陌生人的慰藉》是一個跟眾多經典文本具有高度互文性的「後現代」文本。除了上述對羅斯金半遮半掩的援引以外，批評家至少已經點出了這個文本與愛德華・摩根・福斯特（Edward Morgan Forster, 1879-1970）《窗外有藍天》（*A Room with a View*）、亨利・詹姆斯（HenryJames,1843-1916）

《阿斯彭文稿》（*The Aspern Papers*）以及達芙妮・杜穆里埃（Daphne du Maurier,1907-1989）甚至哈洛・品特（Harold Pinter,1930-2008）等眾多作品的「互文」關係，具體的表現或是「正引」，或是戲仿，或是反其道行之，不一而足。在《陌生人的慰藉》與之形成有意味的「互文」的所有經典文本中，關聯性最強又最意味深長的則當屬托瑪斯・曼（Tomas Mann, 1875-1955）的著名中篇《魂斷威尼斯》（*Der Tod in Venedig*）——這部作品的篇名幾乎可以用作《陌生人的慰藉》的副標題，反之也完全成立。兩部作品處理的都是「死亡」與男同性戀欲望的主題，兩部作品均以男性之美（一種屬於少年的陰柔的男性美，而非陽剛之美）作為美的理想和欲望的對象，追逐這種美的也都是年老以及相對年長的阿申巴赫和羅伯特，追逐的結果也都以死亡告終。不同之處在於死亡的對象正好相反，在《魂斷威尼斯》中是美的追求者甘願為理想之美殞身，而在《陌生人的慰藉》中則是美的追求者為了滿足自己的欲望，最終將美的對象摧殘致死——《魂斷威尼斯》是對美的頂禮膜拜，而《陌生人的慰藉》則是對美的摧殘迫害。不同的還有敘事角度：前者的有限全知視角限定於美的追求者阿申巴赫，而後者則正好相反——正如我們上文所說，敘事角度的不同又會直接導致讀者對於小說人物接受態度的不同。

對於柯林和瑪麗在羅伯特的同性戀酒吧裡聽到的那首歌，小說是這樣描述的：「他們都在聆聽的那首歌，因為沒人講話，聲音很高，帶著那種快活的感傷調調，由整個管弦樂隊來伴奏，那個演唱的男聲裡有種很特別的嗚咽，而頻繁跟進的合唱當中卻又夾雜有嘲弄性的『哈哈哈』，唱到這裡的時候，有幾個年輕男人就會把菸舉起來，雙眼迷濛，皺起眉頭加進自己的嗚咽。」這段描述明顯地是在向《魂斷威尼斯》致敬，後者對主人翁阿申巴赫聽歌的情節有如下的描述：「這支歌曲，阿申巴赫記不起過去在哪兒聽到過，曲調粗獷奔放，唱詞裡用的是難懂的方言，副歌就像哈哈的大笑，大家一起扯開了嗓門一起合唱。這段副歌既沒有唱詞，也不用伴奏，只是一片笑聲，笑聲富有節奏和韻味，但又十分自然。特別是那位獨唱歌手在這方面表演得極富才能，有聲有色，活靈活現。」（基本上採用錢鴻嘉先生的譯文，略作調整。見《托瑪斯·曼中短篇小說選》三六七頁，上海譯文出版社一九八六年七月第一版。）

也正因此，從《陌生人的慰藉》與眾多經典文本的關係看來，在某種程度上，我們可以說這部小說是對經典文本的有意的「重寫」，而這種說法絲毫不會貶損麥克尤恩的原創性。當代藝術小說與經典文本構成的「互文性」，正是當代小說藝術性的一個重要特徵，這就如同我們古典詩詞中的「用典」一樣的道理，它能在有限的篇幅之內創造出無限縱深的可能，賦予單一的文本多層次和多側面的豐富內涵。當然，這同時也對當代藝術小說的讀者提出了更高的要求。

最後，我想就四個主要的人物形象再略作分說。表面看來，柯林和瑪麗、羅伯特和卡洛琳正代表了兩類相對立的男女—性愛關係。柯林和瑪麗簡直是一對璧人，兩個人都很漂亮，兩人又非常親密，瑪麗顯然具有明顯的女權意識，柯林又絲毫沒有大男人主義的男權思想；兩人還都很「酷」，瑪麗一直在練瑜伽，柯林經常吸吸大麻；很「chic」，都對自己的外表非常在意——只是表面看來挺和諧的性愛其實已經陷入倦怠。羅伯特和卡洛琳卻像是柯林和瑪麗的反面：羅伯特具有明顯的男權，甚至男性沙文主義意識，卡洛琳則像是傳統的賢良溫婉女性的典範；兩人的關係從來都談不上親密，兩個人的婚姻差不多完全是兩個家族之間的「示好」。更為嚴重的是，兩個人在性愛和心理方面已經深深陷入S／M的關係當中，不能自拔。兩對男女的邂逅正好發生在他們的關係，特別是性關係都陷入倦怠或僵局之際。柯林和瑪麗前來度假的第一天就被羅伯特意外撞見，當時他就偷拍了柯林的照片，而且他並沒有把照片——他最新的欲望對象——藏起來私下裡欣賞，而是帶回家裡跟卡洛琳一起分享。兩人簡直如獲至寶，都將柯林視作挽救他們已然完全陷入僵局的性關係的救命稻草（「陌生人的慰藉！」）。當羅伯特把更多偷拍的柯林照片帶回來的時候，正如卡洛琳毫不隱諱地對瑪麗坦白的：「我們又越來越親近了。把它們（所有偷拍的柯林照片）掛在這兒（床前）是我的主意，這樣我們只要一抬頭就能盡收眼底。我們會在這裡一直躺到早上，商量著各種計畫。你不會相信我們規劃了多少計畫。」而他們終於將柯林和瑪麗（主要是柯林）帶到家中，並最終引誘兩人自投羅網，滿足了他們最瘋狂，也可以說最變態的性幻想，還是用卡洛琳自己的話說那可真是「夢想成真」了。

那麼表面看來完全「正常」的柯林和瑪麗這邊又是怎樣的情況呢？與羅伯特的邂逅、被羅伯特半拉半拖到他的同性戀酒吧，特別是第二天半推半就地跟羅伯特回家以後，當他們再度回到旅館兩個人的世界裡，他們驚訝地發現兩人之間的性愛重又煥發出無窮的樂趣：「他們的做愛也讓他們大吃一驚，因為那種巨大的、鋪天蓋地的快樂，那種尖銳的、幾乎是痛苦的興奮……簡直就是七年前初識時他們體驗到的那種激動。」一連四天他們就這麼窩在旅館的房間裡幾乎足不出戶，盡情地享受性愛的刺激和歡愉。那麼我們當然要問一句：他們重新享受到的性愛的刺激和歡愉是從哪兒來的？當然是來自羅伯特和卡洛琳這對陌生人顯然不正常的性愛關係的刺激（「陌生人的慰藉！」）！他們原本太「正常」了，太「完滿」了，而現在，原本只有一種「正常」的可能的性愛，一下子具有了無限的可能性和新鮮感！兩個人雖說還沒有將這些可能性身體力行，可是他們已經對「最瘋狂的性愛」做好了心理準備：「他們在做愛的過程中，各自在對方的耳邊喃喃低語著一些毫無來由、憑空杜撰的故事，能夠使對方因無可救藥的放任而呻吟而嗤笑的故事，使宛如中了蠱惑的聽者甘願獻出終身的服從和屈辱的故事。瑪麗喃喃唸誦說她要買通一個外科醫生，將柯林的雙臂和雙腿全部截去。把他關在她家裡的一個房間裡，只把他用作性愛的工具，有時候也會把他借給朋友們享用。柯林則為瑪麗發明出一個巨大、錯綜的機器，用鋼鐵打造，漆成亮紅色，以電力驅動；這機器有活塞和控制器，有綁帶和標度盤，運轉起來的時候發出低低的嗡嗚……瑪麗一旦被綁到機器上……這個機器就會開始操她，不光是操她個幾小時甚或幾星期，而是經年累月地一刻不停，她後半輩子要一直被操，一直操到她死，還不止，要一直操到柯林或是他的律師把機器關掉為止。」如此一來，距離最後的付諸實施已經只有一步之遙，而且兩人再也抵制不住親身嘗試一下的誘惑了。請注意：我們前面提到的瑪麗半夜裡從惡夢中驚醒，頓悟到柯林竟然一直在被羅伯特偷拍，這一重大轉折是發生在他們自願前往羅伯特家之前的。在明確認識到柯林至少是羅伯特的性欲對象之後，這一認識卻並沒有阻止他們主動再去尋找羅伯特可能提供的「陌生人的慰藉」，潛意識裡毋寧說更加堅定了他們前去找尋新鮮刺激的欲望。從被人半拉半拖，到自己半推半就，柯林和瑪麗終於一心一意地投身於羅伯特和卡洛琳處心積慮為他們設下的陷阱。

由此看來，柯林和瑪麗與羅伯特和卡洛琳也就沒有表面上看來的那麼涇渭分明了，他們之間相互構成了強大的吸引力，強大到兩對之間完全有可能互換的程度。再請注意一點：這四個主要人物的命名取的都是最為普通常用的名字，毫無特殊性，而且連個用以區分人物的姓氏都沒有。作者的用意非常明顯：除了暗示在這個具體的故事裡面這兩對人物互為表裡、可以互換之外，同時也在強調這四個人物所代表的普遍意義。

四個主要人物裡面最「有趣」的無疑就是柯林，正如我們前面已經提到的，他是所有其他人物欲望直指的對象。他是個男人，是個極端漂亮（beautiful）的男人，不過他的漂亮是一種陰柔的美，幾乎絲毫沒有陽剛意味，他不是「英俊」，只是「漂亮」，是一種將男性與女性美集於一身的美的象徵，在這一點上他跟《魂斷威尼斯》中的美少年達秋殊無二致。小說中多次暗示、明說他身體與精神上的女性或者說中性氣質。比如呈現在瑪麗這個女性眼裡的柯林的形象，真是「精緻優美」到了極點，在藉瑪麗的眼睛對柯林的「精緻優美」事無巨細地詳盡描摹過一番之後，更以明確判斷的語氣點出：「他的頭髮纖細得很不自然，像是嬰兒的，純然黑色，捲捲地披散在他纖瘦、女性般的脖子上。」那麼柯林對自己的認識呢？他的精神氣質又是如何？小說中明確寫道：「柯林說他一直以來就很羨慕女性的性高潮，而且他多次體驗到他的陰囊和肛門之間生出的一種痛苦的空虛，幾乎就是一種肉欲的感覺；他覺得這可能就近乎於女性的情欲了。」更重要的是，只要柯林與羅伯特單獨待在一起，他扮演的就是女性的角色，關鍵的一幕發生在羅伯特家的晚餐前，羅伯特打柯林的那一拳。這是羅伯特有意邁出試探的一步，看柯林是否願意接受兩人中間被動承受一方的角色，結果柯林在一番掙扎之後默認了這一角色。試探成功之後，羅伯特就更加肆無忌憚了，在柯林和瑪麗自投羅網之後，他公然撇下瑪麗，提出要柯林陪他到酒吧走一趟，而在前往酒吧路過的同性戀街區當中，羅伯特更是將柯林當他的性伴侶公開展示，事後也毫不掩飾地告訴柯林，他已經到處宣揚他是他的情人了。最明顯的當然就是柯林最後被羅伯特（以及卡洛琳）當作性玩具褻玩、殺害、姦淫的高潮一幕。「她（卡洛琳）把下嘴唇上的血跡都聚集到食指上，然後把血塗抹在柯林的嘴唇上。他並沒有抗拒。羅伯特的手仍放在他脖子靠近喉嚨的地方。卡洛琳又往指尖上塗了更多她自己的血，直到把柯林的嘴唇塗抹得猩紅欲滴。然後，羅伯特用前臂緊緊壓住柯林的上胸，深深地吻在他的嘴唇上，他這樣做的時候，卡洛琳就用手撫摩著羅伯特的後背。」至此，柯林已經完全完成了在性關係當中向女性角色的轉變。

托瑪斯．曼後來曾這樣談到《魂斷威尼斯》這部中篇傑作：「《魂斷威尼斯》的確是一個名副其實的結晶品，這是一種結構，一個形象，從許許多多的晶面上放射出光輝。它蘊含著無數隱喻；當作品成形時，連作者本人也不禁為之目眩。」如果把這段話移來稱讚《陌生人的慰藉》這部「小型傑作」，我想也是完全恰如其分的。

rêver 1

陌生人的慰藉

原文書名　The Comfort of Strangers
作　　者　伊恩・麥克尤恩（Ian McEwan）
譯　　者　馮濤
總 編 輯　柳淑惠
封面設計　林小乙
版型設計　鄒雅荃
校　　對　李鳳珠
社　　長　郭重興
發行人暨出版總監　曾大福
出　　版　漫步文化
Blog：peripato.pixnet.net　FB：facebook.com/peripato.studio
發　　行　遠足文化事業股份有限公司
231 新北市新店區民權路108-3號6樓
電話：02-2218-1417　傳真：02-2218-8057
客服專線：0800-221-029　E-mail：service@bookrep.com.tw
法律顧問　華洋法律事務所　蘇文生律師
排　　版　黃雅藍
製版印刷　成陽印刷股份有限公司
初版一刷　2012年6月
定　　價　270元
ISBN　978-986-88342-0-0

本書譯文由上海譯文出版社授權使用
Copyright © Ian McEwan 1981
Published by arrangement with Rogers, Coleridge and White Ltd
through Big Apple Inc., Labuan, Malaysia.
Complex Chinese translation copyright © 2012 by Peripato Culture Studio,
an imprint of Walkers Cultural Enterprise Ltd.
All Rights Reserved.

國家圖書館出版品預行編目資料

陌生人的慰藉 伊恩・麥克尤恩（Ian McEwan）著；
馮濤譯. ─ 初版. ─ 新北市：漫步文化出版：
遠足文化發行, 2012.06
面；　公分. ─（rêver；1）
譯自：The Comfort of Strangers
ISBN 978-986-88342-0-0　(平裝)
1.小說 2.英國文學 3.當代文學 4.伊恩・麥克尤恩
873.57　101008828

有著作權・侵害必究
缺頁或破損請寄回更換
Printed in Taiwan